iHuman

成为更好的人

艺术永不眠

Art Never Sleeps

24 Hours of Chinese Contemporary Art

中国当代艺术的24小时

孙琳琳 著

GUANGXI NORMAL UNIVERSITY PRESS
广西师范大学出版社
·桂林·

Art Never Sleeps

101112

24 Hours of
Chinese Contemporary Art

789

123

456

毛旭辉："我这种人，要翻越的乞力马扎罗、要穿越的撒哈拉，其实还是在自己心里。"

刘小东："你要喜爱它，一生喜爱它，一生都和权力无关，一生都不要指望靠这个去给自己挣到多大的能量，艺术真的是抗衡其他权力的一种献身行为。"

方力钧："从我开始懂事的时候，就慢慢把自己调整成为原材料本身。比较矫情地说：你到处找水喝，不如把自己变成一口清泉。"

黄专："死亡只是一种金蝉脱壳。"

叶永青："要做一根神经，首先是你不要先把自己当成一个群体的代表，而是回到个体，回到真正的生命。"

徐冰："我想向世界提交一本书，一定是任何人都能读懂的，对它的识读能力取决于读者介入当代生活的程度。"

张晓刚："我曾经有激情，现在还有好奇心，还有天真的一面，我不愿意做一个太成熟的人。"

前言

这是一本关于中国当代艺术现场的书。多年来，当代艺术一直背负着“看不懂”的名声，这本书通过二十四小时的讲述以及二十四份涵盖艺术圈大事小情的详细清单，提供的正是一份一目了然的导图。我从艺术家的工作室、未开放的展厅、画廊的VIP室出发，告诉你当代艺术是如何构思、创作、亮相、收藏、拍卖以及被仰望与被遗忘的。

2006年至2017年，艺术圈十二年来的起起落落，都在这不眠不休的二十四小时里了。从2006年市场狂飙突进，到2008年全球金融危机引发的艺术市场危机，到2014年寒冬般的寂静，再到2017年的尘埃落定与重新洗牌，中国当代艺术九死一生。这里所记录的，是一浪接一浪，还有大浪淘沙后留下的金子。市场也许会衰退，拍卖也许会流拍，艺术区也许会消失，艺术家也许会改行，但艺术永不眠。

故事发生的十一个地点，都是当代艺术的核心地带——机会最多的北京、市场最规范的上海、走出最多成功艺术家的重庆、当代艺术首次登堂入室的广州、最开放的深圳、最安逸的成都、最特立独行的昆明、最先锋的杭州、最具成长性的武汉、交易最活跃的香港，乃至大时代边上的大理，每一个坐标都标示着一种艺术生涯的可能性。

书中亮相的三十五位主要人物——艺术家、批评家、策展人、馆长、收藏家，都是中国当代艺术的焦点人物，是热爱艺术的年轻人最热切想了解甚至想成为的那种人，其中有亲历者、贡献者、受益者，也有失落者、退隐者、离去者。

尽管艺术家的际遇各不相同，有被大众追捧的市场英雄，也有隐身于边陲的寂寞高手，但艺术创作本身从来不是轻松的事。走上艺术这条路就注定一生被撕扯——如果没有内心的天人交战，就不会有灵光乍现的一刻；如果没有如苦役般的劳作，就不会有四两拨千斤的杰作；如果没有强迫症般的高标准严要求，就不会有令人赞叹的国际级展览现场。而这些正是艺术的高明之处、魅力所在，也是它之所以启发人的地方。

宣称自己看不懂当代艺术的人常常会说当代艺术不美，然而这时代早就不是一个追求唯美的时代了，打动人的是感觉。当代艺术要治疗的，正是“没有感觉”。所谓品位，就建立在与艺术的互动与共振中。

2006年，中国当代艺术正处在黄金时代的尾声，我开始报道艺术。那时当代艺术F4在拍场上如日中天，天价艺术家呼之欲出。跟今天比起来，那时的艺术圈更自信、更兴高采烈，也更浮躁。经历了这些年的变化，作为艺术家的同路人，我很高兴书中写到的人依然初心不改，而我所写下的那些往事经受住了时间的考验而依然能使人有所获益，甚至还显现出了时间的包浆。

本书不是一本以时间为序、平行结构的文集，而是由十二年来我所观看的一件又一件杰作、采访的一位又一位艺术家、经历的一个又一个现场所共构的一段历史，最后以二十四小时呈现。与艺术家交谈时，我是《新周刊》的艺术主笔，为报道艺术而来；而当我写作时，参照系是我们所生活的这个时代，以及艺术史的星空。贡布里希为大众写了《艺术的故事》，有人说他过于通俗，而这份亲切和诚意，却是他最令我钦佩的地方。艺术创作是少数人才能通过的窄门，但艺术却不是阳春白雪，它可以进入每个人的生命，为我们被琐事拖坠的日常，提供一股向上的气流、一种反思的力量。

这本书要讲的，正是当代中国的“艺术的故事”。如它能将读者引向对中国当代艺术的“同情之理解”，我将不胜荣幸。

孙琳琳

2018年3月1日于广州

目录

Art Never Sleeps

24 Hours of
Chinese Contemporary Art

7:00

云南圭山

毛旭辉

圭山写生·秋日的核桃树林之一

70cm × 90cm

布面油画

2011

图/毛旭辉工作室提供

云大艺术生开始写生

早上7点，太阳还不猛烈，村庄笼罩在雾气中。这样漫反射的光线是画家最喜欢的，但是这样的光线通常也预示着下午将会是一个灿烂的大晴天，所有上午观察到的色彩都会烟消云散。

毛旭辉在一楼和二楼之间的楼梯上支起画架，摆好保温杯、手机和蓝牙音箱，开始画不远处田埂边的两棵树。这两棵树他画了很多遍，它们的存在似乎只是为了给画画这个动作一个理由。淡绿、鹅黄，加一点赭红，毛旭辉的笔在画布上沙沙地涂抹。蓝牙音箱中传出的一首是咏叹调，下一首又是折子戏，也许他并没有在听，只是沉浸在画画这个动作中。

这里是圭山，准确地名是云南省石林县圭山镇大糯黑村，石头寨子，缺水。哈尼人在红土上种植土豆、苞谷、小麦和烟叶，农闲时斗牛、喝酒，也给艺术家当模特。

毛旭辉与圭山的缘分开始于20世纪70年代末，他和张晓刚、叶永青等云南艺术学院的同学背着行李和画箱徒步五公里来这里写生。1997年，他在新加坡做第一个个展，画廊主蔡斯民选择了十年前的“圭山组画”。

1

圭山是云南年轻艺术家的黄埔军校

2006年开始，毛旭辉开始每年两次带云南大学艺术与设计学院的学生到这里写生，并重新密集地画圭山。圭山之于他，成了马蒂斯的“安乐椅”。

昆明画家刘亚伟、金志强、胡晓钢、段玉海经常跟着毛旭辉一起写生，张晓刚和叶永青节假日也会来走走。渐渐地，也有其他学校的老师带着学生来写生，村里的民宿多起来，变得更适合艺术家“下乡”了，圭山成了云南的“画家村”。

“多少代人画过圭山了，今天你们是否能画出跟我们不一样的感觉来？”毛旭辉将圭山看作云南年轻艺术家的黄埔军校，坚信他们会对这里“有感觉”，因为大部分学生就来自这样的乡村。学生们在田间地头画画，看毛旭辉路过就举着画跑过来，于是他停下来说哪哪好、哪哪画得还不行。

毛旭辉很享受和小年轻相处，他表示：“他们没有健康困扰，还可以谈一些不现实的话题。”他为年轻人张罗个展，写批评文章，引荐收藏家。“他们现在的作品有很好的苗头，也逐步地被外界所认识，我把他们称为‘云南种子’，相信一些人会出来。”

毛旭辉的得意门生不少，陶发是最有个性的一个。出生于1984年的陶发在曲靖市师宗县高良乡平严村长大，黑脸细眼，身体健壮。在圭山，他属于“体验派”，出了太阳就脱掉上衣，满身热汗地画，苞谷酒和松节油让他的笔触比任何人的都润滑。毛旭辉说，他的画是在圭山突然开始有感觉的，没有征兆，一下子就对了。

学生荀贵品沉默而细腻，在圭山，他总是提着一个绷好的画框潜入核桃林，找准地方把画架支好，一屁股坐在落满枯叶的林地上迅速画起来。

另一个学生刘仁仙不仅画画，还兼做画架、开拖拉机、当开心果。他的绝活是爬树，10月正是柿子、梨、苹果成熟的季节，也是他大显身手的时候。

2016年3月，“云南种子”第一次在北京举办了群展。他们都受过学院训练，但是这些画，也许只是热爱大自然的必然结果。

年轻人很快得到了市场的回应。伴随而来的，是改变目前创作与生活方式的强烈冲动。毛旭辉选择圭山作为他们艺术生涯的出发地，但与一代代来过圭山又再也不来的年轻人一样，他们更向往别处的风光。

2
他看见了从痛苦上长出来的希望

毛旭辉自己也经历过这样的犹豫。作为中国当代艺术的“八五老将”，1985年，他组织了“新具象”画展而崭露头角。1992年，他留职停薪，成为职业艺术家。“做艺术家的梦想已经实现，我不用上班了，反而觉得时间很难打发。天天去画画真的很烦，并没有比过去一边工作一边画画更有激情。”

从那时开始，毛旭辉创作了“圭山组画”“私人空间”“家长”“日常史诗”“权利的词汇”“剪刀”“倒下的椅子”“昆明组画”“紫色庄严”等作品，始终离不开具象与象征。“我喜欢有形象的东西，它可以唤起人的联想。再进一步说，我对日常用品感兴趣。这也是我在创作过程中逐渐明晰起来的想法，比如我画的剪刀和椅子，是人们每天都要看到，都要使用的东西。”

创作中，毛旭辉钟情悲剧感，这源自他对现代艺术和现代哲学的兴趣。随着时间流逝亲人逝去，他也实实在在地感受到了伤痛，还有一种意外的感觉也生发出来——从痛苦上长出来的希望。

“2008年，父亲去世一年后，我突然觉得春天的到来把上一年压抑的状态给扫掉了。看见绿颜色，看见任何花卉和食物，我都会很感动。这个时候我就突然想到马蒂斯，觉得他画得真好，他的‘安乐椅理论’真伟大。”

2009年9月，母亲去世，毛旭辉开始画倒下的椅子。“我想到‘永远’这个词，‘永远’到底是什么？有朋友跟我说，我们只有永远失去，没有永远拥有。就是这样的感觉促使我画这些椅子。”

2014年，女儿妞妞也走了。很长一段时间，毛旭辉悲痛到无法画画。当他重新站在画布前，在妞妞的工作室和时装设计簿里找到了灵感。人台、礼帽、剪刀、紫色，这

7:00

云南圭山　云大艺术生开始写生

毛旭辉

圭山组画·红土路

80cm × 90cm

布面油画

1984

图/毛旭辉工作室提供

些是他为妞妞收拾遗物时收集到的意象。

2016年3月的香港巴塞尔艺术展上，索卡画廊的负责人这样介绍他的新作："看到画面上的金色了吗？那是毛老师从印度回来后新加入的颜色，与宗教有关。"

艺术创作对艺术家来说是一条不归路，也是上天的恩赐。他们虽然逃避不了作为一个普通人在世界上的任何痛苦，却有普通人无法达成的表达。然而艺术家只在艺术表达上拥有某种特权，在人性面临的所有问题上，他们只能回到日常和基本。

"走到今天的艺术家肯定穿过了贫穷的地狱（底层体验），但如果不能穿过金钱的地狱，他的艺术生涯还很悬。另外，经济情况好的人还面临另外一个问题，就是衰老。"

3

要翻越的乞力马扎罗，其实在心里

风生水起的市场带来好消息。2010年7月的一个周末，正在和学生们打牌的毛旭辉不断接到朋友的电话和短信：他的《92家长》在香港佳士得拍出1186万港元。这个销售纪录打破了他生活的宁静，带来了很多成就和快乐，当然也有烦恼。

"给你利益，给你好生活，给你开好车，这些都不能保证你的创作就可以顺理成章达到理想的高度。人们常把艺术讨论成社会学问题，讨论成贫穷和富裕的问题，这会妨碍我们对艺术真正的领悟。”

1996年，毛旭辉和张晓刚、王功新、丁乙、忻海洲、刘炜、黄笃等人在巴塞罗那拜访绘画大师塔皮埃斯，至今对他的话仍记忆犹新：“其实最终每个人都要回到自己的根上去。”所以当大多数艺术家去北京、去国外寻求发展时，他一直留在昆明。

年轻的时候，他也相信过“读万卷书，行万里路”，但是后来他越来越发现，做艺术并不一定要跑得很远。“我这种人，要翻越的乞力马扎罗、要穿越的撒哈拉，其实还是在自己心里。”

毛旭辉在外地生活时间最长的一次是去北京，不到半年就回到昆明了。在纽约也待过四个月，但是因为语言不通，待也待不住。“没有语言就没有自由。”他诉苦道。

他曾经矛盾过，担心“学术上的孤寂与冷落”，但很快就想明白了：“艺术家不用跑什么地方。当然完全不跑是不现实的，我还是到过一些地方的。但是我到了任何地方，感觉它都是促使我尽快地回到原来的地方。”

如今毛旭辉的工作室还在昆明创库。2000年创库创办时，曾经非常热闹，而现在，在这画画的人不多了。“当时也是一种幻觉，觉得大家在一起会怎样，是不是建立了一个能成功、发财、受到关注的地方。后来发现其实跟在自己家里画画也差不多，很多人就回去了。还不能满足的就到北京去。”

工作室走廊是半露天的，正对着对面三楼住户的厨

7:00

毛旭辉

圭山组画·遥远

110cm × 87.5cm

布面油画

1985

图/毛旭辉工作室提供

房，那家的女主人每天下午5点半开始淘米做饭。她已经习惯工作室这边总有人进进出出，眼皮都不抬一下。她肯定不知道离自己的灶台五米远的地方，生活着一位“千万艺术家”。

“今天哪一座城市都不会令人满意，当我们在说昆明的时候，可能也在指责北京、上海、广州。我把艺术看得比较简单，只要活着，就会有感受。日常生活就是艺术家的缪斯，是生活在教我们怎么画画。”

傍晚，毛旭辉结束一天的工作，把湿毛巾搭在圆凳上，悠闲地趴在窗口和对面“牵手楼”的老艺术家聊了几句，又蹲回书架前倒腾书和资料。“太依赖外部语境的话，在昆明是待不住的。有阅读、音乐和空想的话就非常舒服。”

学生们经常到毛旭辉的工作室找他聊天，给他带几盆植物，还会帮忙拖拖地，再一起去打牌吃饭。“1998年开始，我把‘锄大地’这个在昆明消失的游戏保留在了创库。去年我们还把它发展成一个杯赛。”他说。每周五，毛旭辉都会给牌搭子们发一条信息：“大地继续。”

“有时候我会忽然觉得，怎么五十年一下子就过去了？真像梦一样。”●

7:00

7:00

云南圭山 云大艺术生开始写生

毛旭辉

圭山组画 · 山村三月

70cm × 135cm

布面油画

1986

图/毛旭辉工作室提供

1

2

3

4

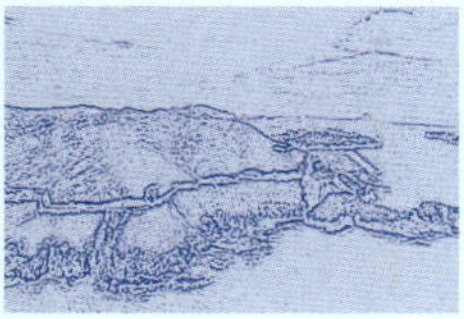

5

1. 安徽黄山西递、宏村

2. 江西婺源理坑

3. 河南安阳太行山

4. 陕北绥德郭家沟

5. 浙江温岭石塘

6. 浙江丽水

7. 山东青岛、日照

8. 甘肃敦煌

9. 贵州西江千户苗寨

10. 云南大理、丽江

清单 中国十大热门写生地

6

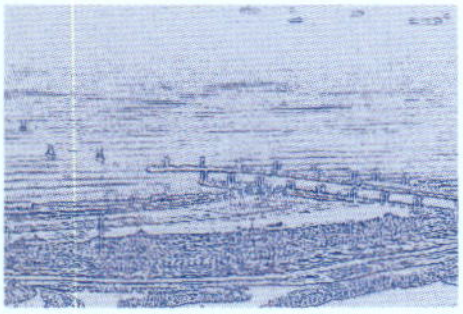
7

8

9

10

8:00

成都桐梓林

吕澎

1990

摄影/肖全

艺术批评家出差了

成都，早上8点，吕澎赶到凯宾斯基酒店大堂，跟前一天谈合作的客人碰了个头。简单交谈之后，又背着双肩包站在路边等助手送书样过来。等了十分钟，助手没到，打电话问，说还在路上。

“不等了，”吕澎拦下出租车，“什么时间做什么事。”车掉头上环线直奔机场。

“我一个月最多只有三分之一的时间在成都，每次回来待两三天就走了，有点凄凉。”吕澎放下双肩包哈哈大笑，“家里人说怎么又走了！那你回来干什么？”

一个季度飞一次国外，国内平均每周飞六到八次，飞行里程以十万公里计，在朋友圈一千七百二十个好友眼里，吕澎永远在路上。“偶尔会一天飞两次，比如从成都到上海，再到北京。如果提前一天到，那第二天做事就比较从容。”他说道。

8:00

1
他还是凡事都想试一下

1990年“下海”，被免去四川戏剧家协会副秘书长职务的吕澎，视失业为人生最大的挫折，也是最重要的机会。“很多我们这个年龄的人当初下海都很紧张，脚踏两只船，当时叫留职停薪。我是完全离开，直到2004年留校任教，档案才从文联转到中国美术学院。”

1992年，吕澎第一次站到当代艺术的风口浪尖，主持“广州双年展”。当时当代艺术正逢'85新潮之后的艰难时期，在广州华南植物园的研讨会上，栗宪庭心情复杂，讨论中竟哭了。吕澎却很乐观：“我们可以从商业化的途径走到地面上。”当时很多人都不能接受他的想法，而现在市场化已经成了艺术的常态。

在此后的二十五年里，吕澎成为中国当代艺术界的活跃人物，做生意、办杂志、读博士、翻译、写作、教书、当馆长，先后筹建上河美术馆、成都当代美术馆、银川美术馆，策展、主持的展览更是多不胜数。“溪山清远”一个项目就在伦敦、旧金山、成都、福冈、巴塞罗那等地巡展过，也办过冠名为“改造历史”“历史之路”的大规模展览。不过，大多数过往吕澎今天都不愿再提：“对我来说最重要的是第一个展览——‘广州双年展’。其他就算了吧。”

尽管这么说，他却并没有停止往这个长长的名单上添加内容。2012年到2015年完成银川当代艺术馆项目后，2016年他又策划了“第三届南京国际美术展”，办了一个三百一十五位艺术家亮相的大party（派对）。

2017年5月，那特艺术学院在北京开学，网站和App（应用程序）也同时上线。吕澎从中国美术学院退休，正式成为那特艺术学院的校长。来自伦敦、巴黎、罗马、旧金山等地的十位外国导师齐刷刷坐在前排，身后是来自全国各地的上百名专家、媒体人、艺术学子和艺术爱好者。

“不管是1992年还是2017年，我所说的和所做的，和现状都有挺大差距。所以别人总会问，你为什么要搞这个呢？”

吕澎的性格还是凡事都想“试一下”。“我并没觉得谁能是下一个古根海姆，跟投资人的合作也是做一点算一点。我有一些经验，知道怎么说服他们，利用他们的长处。合作的底线是，我说的话还有一部分要听，不允许他来操纵我。”

2
他亲历了也记录了一段历史

然而众多事中，吕澎最执着的还是著书立说。“翻一翻书，灵感来了，就赶紧写。如果可能我就一直在写，当然有时候写的是项目报告、预算报告。”

就这样，在不停歇的旅途中，他写成了一百万字的

《20世纪中国艺术史》，并出了十三个版本，包括八个中文版、三个英文版、一个韩文版，以及一个捷克文版。其中他自己最满意的是广西师范大学出版社出版的《美术的故事》，共三十万字，是其心血之作。

此外，他还出版过《欧洲现代绘画美学》、《现代绘画：新的形象语言》、《艺术——人的启示录》、《现代艺术与文化批判》、《中国现代艺术史：1979—1989》（与易丹合著）、《中国当代艺术史：1990—1999》、《溪山清远——两宋时期山水画的历史与趣味转型》、《如何学习研究艺术史》、《中国当代艺术史：2000—2010》，译著有《塞尚、凡·高、高更通信录》和康定斯基的《论艺术的精神》《蒙克》《达利》《培根》，并重译了肯尼思·克拉克的《风景画论》。

2016年，吕澎出版了第一本中国艺术家个案《血缘的历史：1996年之前的张晓刚》，推出一本小册子叫《论绘画》，还完成了五万字中英文双语的《1989年以来的中国当代艺术》，收录在《第三届南京国际美术展论文集》中。

2018年，他即将推出第二本中国艺术家个案，写的正是“八五老将”毛旭辉。

除了写作，吕澎还将与艺术家的几万字往来书信捐给了香港亚洲艺术文献库（Asia Art Archive，简称AAA），供研究者使用。

近些年跟吕澎打交道的人都觉得，他不像过去那么“狂”了。三十年前，他在武汉向一个艺术家竖起两根手指的照片让很多人指责他太嚣张。而现在，吕澎会在送书给朋友时自谦一句："写得太枯燥了。"

吕澎在中国当代艺术中的角色，让很多人认定他是得益者。这话没错，尤其涉及写作方面，吕澎的确是不多的、亲历且记录了这段历史的人。时移世易，改变了每个人，尤其是艺术家的境遇和心态转变，可说是戏剧性最强的。在《血缘的历史：1996年之前的张晓刚》后记中，吕澎写到这样一个细节：

> 我还记得1988年10月，"'88西南现代艺术展"展览结束，张晓刚的《生生息息之爱》、何多苓的《马背上的圣婴》以及其他一些艺术家的作品因一时没有放的地方而被堆在我的家里。我问何多苓："你的画什么时候拿走？"他说："最好什么人给三千块钱把我的'圣婴'拿走！"我又问张晓刚："你的呢？"他说："画太大了，我的家没有地方放，干脆我的作品一幅一千，三联三千也卖给哪个嘛！"作品在我家客厅里放了半个月，弄得我的日常生活也不方便，之后还是催促他们把画拿回去了。2012年，《生生息息之爱》在拍场上被卖到八千多万元人民币，这真是当年无法想象的。

3

如果我二十岁，社会再烂我也觉得充满希望

中国的艺术史学者大致分两类：要么在高校任教，带

学生、做课题、搞翻译；要么在江湖上行走，围绕着眼前的艺术家、手头的项目做文章。吕澎两种身份兼而有之。时常在国内外穿梭，他对社会变迁给中国当代艺术带来的冲击感同身受。

“90年代初期，西方对中国比较在意，之前不怎么了解，所以觉得新奇，当时大头大脸确实能跟中国现状联系起来，使人感受到中国的特殊存在。今天情况变了，过去的中国风着装，西方人也觉得过时了。前阵子最稳定的概念就是到中国来挣钱，现在又不稳定了。”

当代艺术史的写作，东西方都没有捋出清晰的线索，尤其是20世纪七八十年代以后的艺术，更是众说纷纭。学者的标准做法是确定项目，围绕项目来研究写作。吕澎的做法则很有时代特色，大胆将当代写入历史。

2000年，在《中国当代艺术史：1990—1999》新书发布会上，有专家认为他写得太快了，从印刷厂出来的温度还没有消掉，昨天的事就已经都写进去了。吕澎回应道：“我这就是一块砖，你们在北京收集资料很方便，我很希望你们能写出真正像样的艺术史来。”

2004年，吕澎博士毕业留校任教，在中国美术学院开设了国内艺术院校唯一的现当代艺术史课，他说：“一般学校的艺术史只讲到波普为止，我更希望让学生接近当代。”在2006年他的《20世纪中国艺术史》出版之前，还没有书把百年来的中国艺术史串连起来，“艺术学院的学生甚至都没有这部分的教材”。

“目前中国艺术界的情况是，完全各自为政。我不

1992年10月，“广州·首届90年代艺术双年展”，
吕澎（右）与意大利艺术杂志《Flash Art》
编辑波纳米（Francesco Bonami）
图/吕澎提供

同意你，你也不同意我，大家都不认别人，就是干自己的活。”

他一直“狂”性不改。

“失败无非是学术没有做上去，或没有挣到钱。学术这一块我给自己打六十分。我的钱也不多，还好不至于太紧张。”

有人说他做事效率高，但虎头蛇尾，吕澎对此也是不服：“我觉得我把每件事情都做完了。说我虎头蛇尾主要是指两件事。一是‘广州双年展’退画。但当时画在投资人的库房里，我作为策展人能力和权限只能到此为止。再说我也不断帮他们争取和打官司了，还要怎样？二是贺兰山艺术家的房子建起来没有用。但当时投资人分家，我是策展人决定不了什么。”

唯独在面对年轻人的时候，吕澎能够心平气和。“年轻人有可能性，他们总是有更多时间，有更多的时间就是有更多的可能性。”

吕澎先后出资一百二十余万，资助学生的出版计划。他的学生集体编写了两本工具书：《中国艺术编年史（1900—2010）》与《中国现当代美术史文献》，此外还有二三十本艺术家小传。

“如果我二十岁，社会再烂我也觉得充满希望。”

1976年，吕澎二十岁，在农村当知青，每天种自留地，搬苞谷。看着白云，出去写生。“生活很枯燥，但那时知道的少，也没有浪漫的想象。就是想回城当工人，就这么一点点遐想。”

“你可能听都没听过，应该也找不到图片了。那是20世纪60年代蔡亮画的一幅画，藏族母亲带着小女孩在烧水，暗部是勘探队在休息。火焰的颜色和笔触，母女的形象，当时觉得太美了，太感动了。那时我在当知青，还临摹了，但临摹得不像，所以就扔了。”

写了近百年的中国艺术史，吕澎见过数不清的作品，唯独忘不了这张画，二十岁的记忆。●

LIVES OF THE MOST EMINENT
PAINTERS, SCULPTORS, AND ARCHITECTS
著名画家、雕塑家、建筑家传
1

Vie des
formes
形式的生命
2

Art & Illusion
艺术与错觉
3

图说中国绘画史
4

Art
and
Culture
5

清单 十本必读艺术评论书

6

7

8

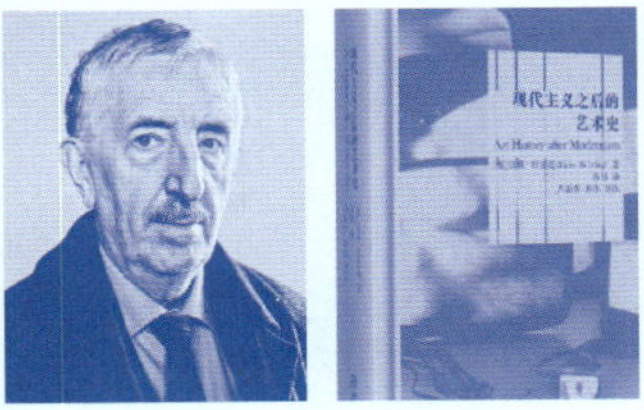

9

10

1. 乔治・瓦萨里

《著名画家、雕塑家、建筑家传》

2. 福西永

《形式的生命》

3. E.H.贡布里希

《艺术与错觉》

4. 高居翰

《图说中国绘画史》

5. 克莱门特・格林伯格

《艺术与文化》

6. 潘诺夫斯基

《图像学研究：文艺复兴时期艺术的人文主题》

7. 列奥・施坦伯格

《另类准则：直面20世纪艺术》

8. 阿拉斯

《绘画史事》

9. 汉斯・贝尔廷

《现代主义之后的艺术史》

10. 雷吉斯・德布雷

《图像的生与死：西方观图史》

9:00

北京四得公园

赵能智

2014 NO.7

230cm × 180cm

布面油画

2014

图/赵能智工作室提供

北漂艺术家在晨练

在艺术家里，赵能智属于早起的。早上9点，他准时出现在花家地四得公园的绿道上，握着手机快走，看到有意思的景象就举起来拍几张。回头这些照片会被调成黑白的发出去，迎接那些睁开眼就刷朋友圈的朋友们。

这会儿是艺术圈最安静的时间，大多数人还没起床，隔夜的赞还没点。赵能智已走了一万多步，占据了微信运动的封面。但这只是暂时的，等到傍晚，就会有人走了两万多步，难以想象这个人这一天经历了怎样的忙碌。

中国当代艺术的核心资源都在北京，生死时速也在这里上演。不管艺术在哪里发生，都要到北京来接受考验。在场者对这个城市抱有热爱和归属感，他们把每一次降落称为“回北京”。

“中国所有的事情都在北京发生，我想看看是怎么发生的。”1986年到北京读研之后，雕塑家隋建国就再没离开。他说尽管北京有雾霾、拥堵、不宜居，但这些事每个人都有责任，自己也没为北京做什么。

2004年从成都搬到北京的艺术家赵能智说，每次从成都三圣乡的家回北京北四环的家，都感觉像从世外桃源到了三线城市的城乡结合部。尽管如此，他还是眷恋这座城市呛人的空气：“从机场到北四环，一路上有宽马路、高楼、高速的车，这种城市气场是我心里特别需要的东西。”

艺术家叶永青则是为了2008年奥运会搬到北京的。“北京是一个伟大的舞台，我觉得应该坐在舞台下当一个观众，但是没想到在北京刚好经历了艺术市场的井喷，见证了伴随着奥运的繁荣景观。”他说道。

北京是工作室，是名利场，是博览会，是交易所。只有在北京，才能看到博伊斯和安迪·沃霍尔同场展出；只有在北京，才能在走廊里遇到刚得金狮奖的提诺·赛格尔；只有在北京，才能让苏富比削尖了脑袋挤进来搞拍卖。这里是中国当代艺术的第一现场，没有人计算过到底有多少艺术家居住在这里，这个数字恐怕也每天都在变化。每天都有无穷无尽的纠缠，也产生着意想不到的机缘。

1
一段时间不去798就有脱节的危险

对在北京搞当代艺术的人来说，望京一带是宇宙的中心。

中央美术学院在花家地南街，是全国画画孩子朝圣的地方。花家地周边的小区里住满了陪孩子考美院的外地人。从2005年艺术市场井喷开始，艺术家成了美院毕业生最希望获得的社会身份。

798艺术区是当代艺术家起步的必经之地，当代艺术在北京的活动几乎都是围绕着这块地方展开的。隋建国说："如果隔一段时间不去瞧瞧，就会感觉有与当代艺术脱节的危险。"

美国艺术新闻网曾发布过一份798艺术区发展报告，其中写到十年来百分之八十的中国重量级当代艺术拍品由798起步。798艺术区有二百六十五家画廊，合作艺术家几乎囊括了国内当代艺术所有活跃分子。

但是这种生态日益被资本的介入所改变。租金成倍上涨，商业机构开了又关，过去在这里工作的艺术家大多数都搬走了。还留在园区角落的艺术家如刘小东，也逐渐地把工作转移到田野中。

2013年10月，方力钧在798一家新开张的画廊里举办了个展，晚宴安排名流们坐在装修味还没散尽的画廊里吃长桌晚餐。这种时尚据说是来自纽约名利场，也是未来展览的流行趋势。

2

更大的空间不单是工作需要，更是心理需要

2005年，赵能智到北京时只提了一个小行李箱，里头扔了几件换洗衣服。2013年他搬家，搬家公司的大卡车来回运了十几车，“不知道东西从哪里来的”。

“欧洲人遇到了两轮‘大尺寸’的艺术潮流，第一轮是70年代美国人来了，第二轮是现在中国人来了。”赶上了大时代，为了配合大空间、大展览，隋建国做了很多大作品。“衣钵、恐龙都是大尺寸的东西，展览回来就扔在马路边。”工作室在798的时候，隋建国经常接到电话请他挪作品腾地方，后来他不得已搬到费家村，一年之后又在西田各庄盖了大工作室，还是放不下，要在别处再租仓库来放作品。

就在T3艺术区，肖鲁成了那里的第一个居民，住在自己亲手设计的“歪房子”里。“盖房子要考虑外形、内空间、家具，最后再考虑墙上的画。这个过程对我的空间艺术还是挺有帮助的。”

在北京，艺术家总感觉需要更大的空间，这已经不单是工作需要，更是心理需要。他们通常在郊区租用厂房或农民房进行创作，因此要面临拆迁风险。而在很多人眼中，艺术似乎又是随时可以被牺牲掉的元素。2013

年年底，宋庄刚刚推倒了占地一万多平方米的艺术空间，艺术或者说艺术地产无法对抗挖掘机和破碎锤，败给了城市扩张。

不过，艺术求大的潮流在今天也得到了反思。栗宪庭满足于他在宋庄的平房小院，张晓刚打算搬到更小、更温馨的画室里，而画家刘野已经放弃了工作室，开始在家里画画。

3

最优秀的人都在这里较劲，很刺激

张晓刚说："来北京十三年了，我还是觉得自己是北漂。"他是北京艺术圈名气最大的北漂，但是大多数时间，他过着两点一线的生活，在工作室工作到很晚，连晚饭也在那里解决，然后回家睡觉。

到北京的第一周，赵能智倾尽所有买了一辆车。"有了车一下子就觉得跟这个城市有关系了。我根本不知道路，买了一张地图照着开。第一次开到工体，都不知道怎么开回去。"他说道。

在北京他感觉自己像一台上了发条的机器，这个城市每天都在刺激着他。"北京复杂到没法想象。丽都商圈已是比较好的社区，没想到竟然有一群人住在地下井里。"

他不能停下来，"生活每天都刺激，展览跟你可能没什么关系，但让你紧张，就觉得在家里不做事睡懒觉会很

赵能智

2014 NO.3

230cm × 180cm

布面油画

2014

图/赵能智工作室提供

容易被速度感给抛弃掉”。这不是他一个人的感觉，隋建国形容北京是武林大会，最优秀的人都在这里较劲，很刺激。他说：“北京让人肾上腺兴奋，我喜欢这种刺激。我回山东就老想睡觉，回北京就进入状态。”

“北京给我的感觉不是地理的，而是时间性的暗示，有点像倒计时的秒表。每个人都是这条跑道上的运动员，在更高、更快、更强的路上狂奔。”叶永青说。

艺术家开始重新思考跟北京的关系。为了孩子跟老人的健康，赵能智考虑举家搬回成都。2010年开始，叶永青也有更多的时候待在大理。他说自己厌倦了北京的利益共同体模式，享受大理的趣味共同体。他批评今天的当代艺术圈是一个简单的机器：“每个人不是在办展览就是在看展览，或准备展览，以展览为中心的简单模式，几乎把当代艺术所有的活力都耗完了。”

当代艺术的发源地和中心毫无疑问就在城市，在中国，这个城市就是北京。选择离开北京会面临很多困难，于是很多人采取了折中的办法：离开一段时间，再重新回到北京调整节奏。这也成为很多艺术家目前的生活方式。

北京仍然是最有活力的城市，繁荣、有权势，某些地方还很舒适。这些构成了吸引力，也是所有艺术家还要在这个城市生活的理由。北京的好处和压力都让大家乐在其中，叶永青说这是最打动他的地方：“我们实际上离不开这样一种东西。”

1

1. 圆明园画家村（1989—1995）

坐标：北京海淀区青龙桥街道福缘门西村

最初只是一个来自全国各地的艺术青年聚居搞艺术的地方，后来发展成北京的“新闻景点”。

2. 宋庄艺术区（1994— ）

坐标：通州区宋庄镇小堡村

2

批评家栗宪庭，艺术家方力钧、刘炜、岳敏君等人生活的地方，后来艺术家越聚越多，房越建越多，发展成工作室、画廊、机构、活动扎堆的艺术区。

3. 费家村艺术区（1999— ）

坐标：朝阳区崔各庄乡西北

进进出出时自行车比汽车方便。因为拆迁，大部分艺术家都搬走了。

3

4. 798艺术区（2002— ）

坐标：朝阳区酒仙桥街道大山子地区

曾是700厂、706厂、707厂、718厂、797厂、798厂，也曾是七星集团，现在是中国当代艺术最重要的展示地，更是游人如织的景点。

4

5. 环铁国际艺术区（2006—2017）

坐标：国家铁路试验中心环形试验场

告别环铁：“紧急通知：今天接到大队通知，东坝乡疏减人口腾退工作即将开始，我们的艺术园区也在此次腾退范围内，现大队告知腾退期限暂定为2017年8月20日，特此通知大家尽快寻找新的工作室。”

5

6. 酒厂・ART国际艺术园（2005— ）

坐标：朝阳区安外北苑北湖渠

有一些艺术家工作室和机构，但基本在闭门办公，外人逛一小时也逛不出所以然。

清单 北京十个艺术区

6

7

8

7. 草场地艺术区（2002— ）

坐标：朝阳区机场辅路与五环路交界处

画廊、工作室、餐馆、咖啡馆、超市、发廊俱全，绝对文艺，但路不好找。

8. 黑桥艺术区（2005—2017）

坐标：朝阳区崔各庄乡黑桥村

以前是垃圾厂，现在也经常有人在路边烧垃圾。外来务工人员聚居地，艺术家只是少数，该艺术区已被拆迁。

9

9. 一号地国际艺术区（2008— ）

坐标：朝阳区崔各庄乡何各庄村

包括一号地与318艺术区，一号地是成名艺术家工作室，在318的多为青年艺术家。

10

10. T3国际艺术区（2013— ）

坐标：首都机场T3航站楼旁东六环与京平高速交界处

走高端路线，请大牌艺术家自己设计房子，并将工作室与个人艺术馆二合一。另有公寓式工作室出租。

10:00

上海浦江华侨城

姜杰

2014

图/姜杰工作室提供

女艺术家新作亮相

说真的，当我佩服哪个女艺术家，恨不得变成女子，为什么呢？因为有种念头、气质，唯女子才有。

——陈丹青《陌生的经验》

上午10点，上海浦江华侨城。

姜杰穿着马裤皮靴，束一条粗皮带，像戎装的川岛芳子，大步领着第一批观众进入展厅。展厅垂着窗帘，像一个练功房或小剧场。她的新作用铁钩子吊在高高的天花板上，看着令人紧张，但射灯又把它照得如梦似幻。

观众有点懵，这跟他们所知道的姜杰太不一样了！以至他们不知从哪看起才好。有人远远地盯着铁钩子，有人走近了拍雕塑上染色的纱布和花边，有人溜到墙边去看制作草图。

姜杰到底做了什么？

10:00

1
大蛇、铁钩子、裹尸布

在“上海浦江华侨城十年公共艺术计划”的第八年，受邀参与的姜杰决定要做一件颠覆性的东西，这意味着她必须铤而走险。

2014年年底，历时九个月，姜杰新作《大于一吨半》（实际上接近三吨）终于悬挂在上海浦江华侨城的展厅。

直到展览开幕的前一晚，来参加开幕式的嘉宾还不知道新作的面貌。他们拿到的宣传材料上是一幅经过设计的海报，只隐约可见褐色的皮肤纹理，另外作品名提示这是一件体量巨大的作品。

“天开了。”她简单地说。男人们只好对她进行揣测。

“这是一个观念形成的思想活体，还有一个巨大的颠覆。是一个割礼，是阉割。”诗人欧阳江河说。

“那天有人说这个好像蛇，但不是有活力的蛇，属于生命后期。它跟一种腐败非常有关，可能是某种政治、性交易或者强奸的东西，它可能跟一种爱情有关，诸如此类。”批评家尹吉男说。

“我想到裹尸布，这里面透露出很多美学的东西，一层层裹着实体的感觉很自然流动。里面有西方基督教的解释内容，也可以联想到汉代马王堆。”雕塑家展望说。

“姜杰过瘾了，全部都用上了。”雕塑家隋建国说。

“这个方案出来以后，我可以很坦率地讲，最开始我很怀疑。做这样一件作品，很容易符号化、概念化，这是最致命的弱点。你把握不好，这个作品就是一个失败的符号。”浦江计划的总策划人黄专说。他跟姜杰打了二十多年交道，信任她的写实功夫，但对这么大的变化还是没有把握。

做“婴儿”和“粉红芭蕾鞋”的姜杰，这回做了一个巨大的、疲软的男性符号。

2
姜杰生猛，但绝不是一个妖孽

这一次，姜杰涉及“欲望”，制造了景观。在现实与想象之间，她选择了前者；在逻辑和直觉之间，她选择了后者。展望说这件作品“既不完全是超现实主义的，也不完全是写实主义的”，她的“不解释”引来了很多讨论。不过，观看一件作品，不能光是理性地去听作品的意义，而忽略了作品本身的视觉感受。制作本身产生的视觉冲击力是毋庸置疑的，在符号之前，姜杰首先交出了一件触动神经的雕塑。

一个女人在2014年的中国搞创作，竟然没有柔情，没有物质，没有抱怨，好像急之国的巨浪从来不曾将她卷入中产生活的漩涡。

有人说她是中国的路易斯·布尔乔亚，但她并不是。布尔乔亚是心无完卵的破碎之花，而姜杰的命运则完整充足。从1984年以来，她就身处学院之中，并有幸福的家庭。

姜杰接受采访时曾说：“工作是工作，家庭是家庭，不要将工作和家庭的事情混淆起来。”道理没错，但其丈夫诗人西川依然打飞的在京沪之间当天来回，只为参加她的研讨会。而在她的作品中，也有一种古典美学和当代观念互相矛盾产生的悖论性和诗性。

1981年，女雕塑家张得蒂得到一首艾青赠送的小诗，起因是她为诗人塑造了胸像，“延长了寿命”。这样的佳话在姜杰身上以另外的方式延续，诗人扮演了缪斯而不是模特的角色。

某种程度上，姜杰的境遇有点像弗吉尼亚·伍尔夫，有完好的私人生活，也有“一间自己的房间”。这房间如美国文学批评家哈罗德·布鲁姆所言：“并非意指一个人独自潜心研读之所，而更多是指一种环境。”在此环境中，姜杰以幻象和比喻替代了现实情欲。在相对狭窄规律的日常生活中，姜杰野心勃勃，正当被人比作这个或那个女性艺术家时，她悬挂起海明威式的强悍之作。

“这是我所有经历的集合。”姜杰说。

姜杰转型了，她不再是“肖淑娴”的母亲，而是一个大写的女人，在酷夏的正午为三吨重的男性符号装饰花边；姜杰又从来都没变，她留意那些最微妙的生命痕迹，对脆弱的、易逝、疲软的人事物爱不释手。

姜杰生猛，但绝不是一个妖孽。

3 中国当代艺术必须和中国社会发生关系

如同所有女性艺术家，姜杰拒绝将自我意识归因于历史的制约，即使直到今天男权思维还在对女性产生无休止的影响。对于男权，她一点也不愤怒，甚至回避女性主义的概念阐释。但即使不谈概念，她的作品中还是释放出一种持久的女性主义，因为女性主义之于她不是思想的混合，而是对现实的领悟。

姜杰更加不是一个女权主义者，她是艺术家，并没有必要缔结其他契约。她给观众的是被视觉撞击的乐趣，犯不着降格为一目了然的判断。

制作精良的男性符号雕塑，显示了一种手艺如何与它所处的世界达成一致。它表达了社会现状，既可以被命名为“大于一吨半”，也可以叫作“经济增速”“屌丝”“传统媒体”等。它挂在哪里，就与哪里的环境形成对照和呼应。尹吉男甚至建议这件作品进行全国巡展，每到一处就改一次作品名，以便跟现实环境发生关系。

迅速变动和刺激，是这个时代的主题词。如果你安于现状，那环境会令你痛苦；如果你想创作出伟大的作品，那么生逢其时。在制作如此具有争议性的作品时，在十位艺术家同台时，姜杰一定也怀有竞技之心。

谈到姜杰，谈到“上海浦江华侨城十年公共艺术计划”，黄专说：“中国当代艺术的发展一定要和中国社会

发生关系。在某种意义上，这是当代艺术唯一的一个问题。”能不能解决好这个问题，将是中国艺术家能不能得分的关键。●

姜杰

大于一吨半

1000cm × 400cm × 480cm

环氧树脂、纺织物、铁

2014

图/姜杰工作室提供

1

2

3

4

5

6

7

8

9

10

11

12

13

14

15

16

17

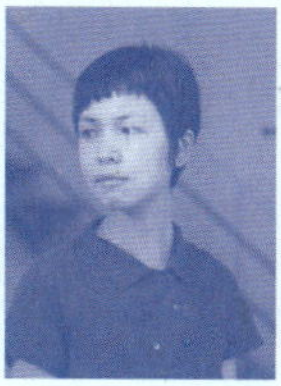
18

19

20

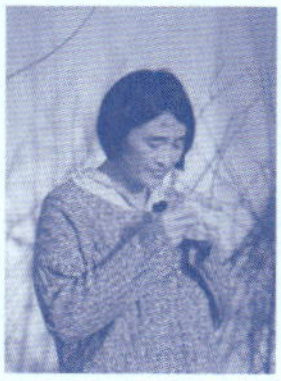
21

22

23

24

25

清单 中国女艺术家Top30

雕塑家:

1. 姜杰
2. 向京
3. 陈妍音

装置艺术家:

4. 林天苗
5. 施慧
6. 尹秀珍
7. 陈庆庆
8. 彭禹
9. 胡晓媛

画家:

10. 喻红
11. 申玲
12. 闫平
13. 陈曦
14. 蔡锦
15. 段建宇
16. 周力
17. 夏俊娜
18. 陈可
19. 徐华翎

行为艺术家:

20. 肖鲁
21. 段英梅
22. 何成瑶
23. 陈秋林
24. 陈羚羊

新媒体艺术家:

25. 曹斐
26. 崔岫闻
27. 马秋莎
28. 陆扬

设计师:

29. 马可

摄影师:

30. 陈漫

26

27

28

29

30

11:00

北京环铁艺术区

刘庆和

龙班（局部）

90cm × 600cm

纸本水墨

2013

图/刘庆和工作室提供

水墨画家睡过头了

上午11点，刘庆和匆匆赶到工作室，跳下车时连鞋带都没系。“对不起对不起，睡过头了。”他连声致歉。

听见门口热闹，工作室就在不远处的李津推着一辆小平板车过来了。刘庆和叫他“萨达姆”，笑骂他老是过来捣乱。其实两人是同行兼好友，都是天津人，都画人物，都描摹饮食男女的关系和心态。只不过刘庆和钟爱大画大泼墨，李津则擅长捕捉人间情趣。

1
刘庆和：我是男的，从小就画女孩

刘庆和性格开朗，但也有一种独特的警觉，门外稍有动静就会觉察到。“上学的时候我和我老婆一起下乡，她一上火车就睡觉，我一上火车就成看包的了。”他说道。

工作室挂着一幅300cm×150cm的未完成作品《夏2013》，是一幅写生，画的是学校画室请来的模特，一个超市女售货员。她随意穿着平时的外套，湿漉漉地站着，在刘庆和所画的青春女孩中，她属超龄，但他还是从她身上开凿出一派天真之气。

陈丹青说刘庆和与刘小东一样，都是“中央美院教学的正果”，有一套自己的办法，很成熟，“画人物很难，再过十年二十年，人物画可能会越来越少，变成稀缺品种”。

自从1983年考入中央美院，刘庆和走的是一条国画创新之路。今天所谓新水墨的人物画，基本离不开他的影响。刘庆和在央美读的是民间美术系，老师都是从油画系、版画系、壁画系调过来的，大部分教学按照西方模式进行。这使他相信直面当代生活产生的能量，甚至开始叛逆。

到1991年中国画研究院的“人物画邀请展”，刘庆和画的都市青年已经“跳出来”了。在1995年鲁虹和王璜生策划的“进入都市——当代水墨实验展”上，刘庆和被一

刘庆和
夏
300cm × 150cm
纸本水墨
2013
图/刘庆和工作室提供

些人认为是“毫不水墨”的，因为他不“传统”。

2013年年初，当代水墨突然火了，香港佳士得也第一次设立了当代水墨专场。当代水墨的市场价值开始被重视，这对每一个身在其中的艺术家都产生了影响。“关注水墨的人多了，可能会让参与者觉得是什么时代到来了。从‘再水墨’的角度来说，我不存在‘再’，因为我一直这样。今天有人提出水墨时代到来了，我们要迎合去做一些事，也提出要天价，这种期待对艺术来说不是好事。”

在潮流里，机会频繁出现，刘庆和也被卷入，但他一再提醒自己要慢。“从画面能感觉出来，我有点儿双重性格，有矛盾纠结的心态。有些地方想的和做的不是太一样，有时自我调整会忽左忽右。我活了五十岁还没有确定，总是特别含糊，随机随缘，我很少刻意安排自己做一件事。”

2010年，刘庆和做了“浮现——刘庆和苏州计划”，展览在一个一千平方米的展场内，中间还有一个三百平方米的水池。他做了二三十个女孩雕塑，有的坐在岸上，有的浮在水上，有浮萍，还有影像的人在水里游，全是假象——刘庆和从对都市人物的书写扩大到了对虚假追求都市化进程的批判。

“我尝试了一些以前没做过的媒介，假如这仅仅证明除了水墨我还可以做其他事，意义不大，所以从那时开始我又回到纸上，回到纸上还不满意，再回到原始的模特写生。”

“小妖精”是刘庆和对自己画的女孩的命名，也是他最令人印象深刻的系列作品。透过画“小妖精”，刘庆和追踪的是生命力。她们有纯真也有肮脏的一面，有意思的正是这种混杂的活力。

“我是男的，从小就画女孩。”刘庆和说，“把题目说很大也可以，放得很具体也可以，如果你是真情的，不扭捏作态、哗众取宠，就会打动人心。”

刘庆和画写生的时候，很少找一个模特坐下不动直接画，他通常要先跟对方认识一段时间，至少也要先聊聊。“现在做模特的有很多是生活所迫，比如说在超市工作的人。她不想让单位知道，一直倒班。上午在美院工作完之后，上中班，然后一直工作到晚上。还有卖菜的，很多这样的人。”

造型是刘庆和的强项，更重要的是他能把“神”捕捉到。他所描绘的“真”，当然是一种投射，混杂着社会经验和绘画经验。画面与生活有重合，但又不完全重合，在表达现实生活的时候带一点超现实的意味。

“小妖精”是刘庆和对人性的理解。“我很烦那种把性、生殖器直接描绘出来的画，那些东西并不好看。我画的女孩青春洋溢，但是又面对着社会消极的东西，在浮华背后有一种凄凉和惨痛的感觉。”

刘庆和对自然不造作的青春有一种发自内心的喜爱。他曾在米兰的大街上被几个十几岁的女孩所吸引，一直跟在她们后面，结果迷了路。“她们真没觉得自己最漂亮，但那种不扭捏作态的美让我印象特别深。一个中国女孩要是知道自己漂亮，一颦一笑、一举手一投足都讲究得不得

刘庆和

小杨

300cm × 150cm

纸本水墨

2013

图/刘庆和工作室提供

了。我最烦就是这些东西。”

一位艺术批评家看了刘庆和的画后说：“你羡慕那个地方，但是又不忍心丢掉自己的生活走到对面去，你还想隔着岸来看，这完全是一个中年男人的意淫。”刘庆和笑着回应道：“当有人说这个的时候，我确实得到一种暗示，好像自己到了这个年龄段真有生命力丧失的危机感。”

刘庆和在中央美院国画系当老师。经过三十年，他在所处的群体之中找到了自己的位置，知道如何符合规则地工作生活。但在艺术上，他并不是一个老实的家伙。

对经验的质疑是他的第一块反骨。“把传统当作经验，或者把经验当作传统都是不贴切的。有些教师完全让学生学习传统，实际上是遵从他的经验，他的经验又来自他的老师辈。他们用这样一种传承方式把自己的经验炒作或维护成经典，让它延续下去。”

当学生受自己影响时，刘庆和也是不情愿的。因为那背后总带着一些功利的考量，当下中国社会太渴望行之有效、立竿见影的办法。

“独辟蹊径好像是老生常谈，但做起来确实很难，它需要勇气还有牺牲，割舍一些能直接面对的现实的东西，确实很难。”

2
李津：不管画什么，都要先入戏

说起当代中国画中的饮食男女，大家第一个想起的一定是李津。他画的都是生活中顶“俗”的人事物，却透着一股文气。国画是很微妙的艺术，一笔下去，即分雅俗。所以李津的好，也是微妙说不清。

按中国人的正统思想来说，情色不属于高境界的东西。更主要的是，在过去的画家眼里，人与人之间的情感好像太小，他们总是希望把自己对生命的感受移到更高远的地方去。心智更高、更超现实，这是传统文人画中的主旋律。

但是，李津不认为用中国画来表现饮食男女有什么不好。“中国画这种形式，画隐私的东西、含蓄的东西是有优势的，因为可以有遮蔽、有提炼。”

对中国画有感觉的人，或者从事艺术创作的人，很有可能从山水花鸟里头品出艳情的味道。“比如宋画里有些描绘梅花、桃花初开的作品，花瓣半开未开的感觉，比较隐晦地表达了一种情欲的感觉。”他说道。

李津的画强调的是比较人性的那一部分，人的喜怒哀乐，以及人们对日常饮食等最普通、最简单的日常事物的迷恋。“当下社会，这种东西实际上并不是多了，而是越来越少了，我们好像很少有心情去想这些。”

他的绘画题材总是很个人，很在意个体生存空间和第

李津

大雨落幽燕

38cm × 43cm

纸本水墨

2012

图/李津工作室提供

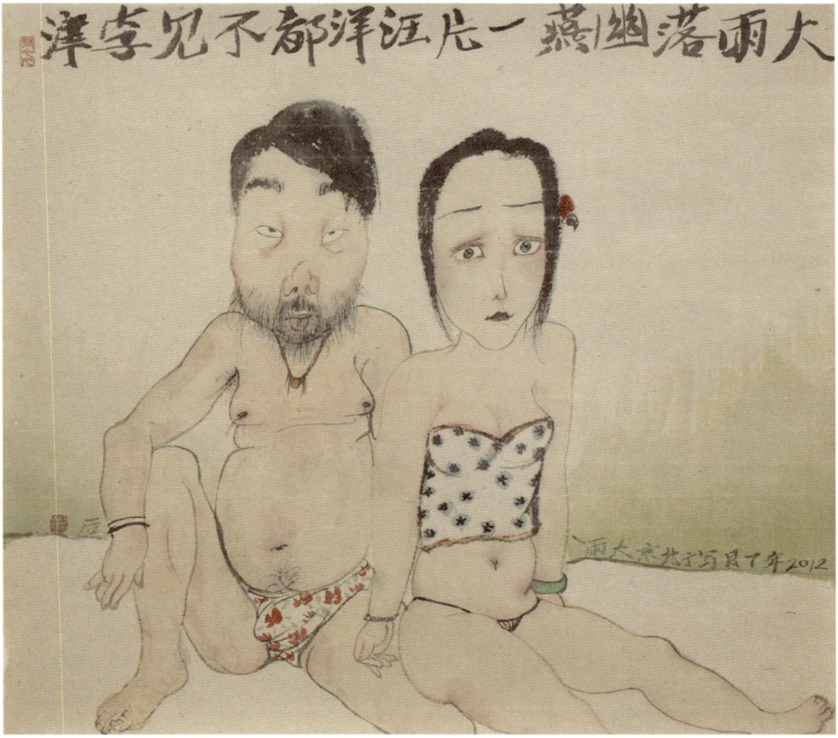

11:00

李津

润泽清凉

38cm × 43cm

纸本水墨

2012

图/李津工作室提供

一感觉。“男的都是我自己，女的都是我熟悉的朋友，或跟我有感情纠葛的人。”

从每一个阶段的绘画中，都可以直接读出李津当时的境遇和心情，因为他就是个有情绪必须用笔去画的人。有时高兴，有时疑惑，有时焦虑，画什么取决于当时的状态。

“造型和刻画能力永远也没有止境，还会不断提高。最重要的还是能不能通过你所掌握的技术跟你的内心接得更近。”李津说。

他将画画比作演戏，不管画什么，都要先入戏。“真实的东西落实到纸上才能感染别人，所以开始的时候，如果你没有冲动，没有状态，那别人看你的作品会有障碍。一幅画起码得有这样的欺骗性：让观众看到这件事并相信是真的。”

李津的画经常会夸张变形，比例也和写实的比例不一样。“大家读我的画的时候，看到的造型和他们想象的都有距离，但是我不怀疑我的画情绪上的感染性，男女主人公不完美，但有一种情感交流，给人丑乖丑乖的感觉。”李津说，变形处理是为了让大家不要对号入座，因为他表现两性关系并不是想炫耀。

“我画画很像写日记，是特别本能地想赞美一段生活，把它留下来。若干年后，看这张画比回头看那个时候的照片更勾我心思。以前我有女朋友比我有能力的，无形中我就会画一张她背着我的画；反过来，如果我比女朋友有能力，很自然就画我背着她。”

他对于情感经历的记录是很讲究细节的。“我画画的时候，里边的人物左手是握拳还是兰花指，区别很大。”那种眉宇唇齿之间的小细节，是李津画中的记忆暗号。

“回过头看过去，你记住的不一定全是美好的东西，不美好的东西你也会很怀念。美好和不美好是绑在一起的，情也好，欲也好，物质也好，都不绝对，都会互相转换。”

在他的一些自画像中，身边有很多女人，但观感却是孤独的。爱上谁又离开谁，都要继续走下去，只是画家把每一段短暂的时间都凝结成重要的证物了。●

李津

万叶千声

38cm × 44cm

纸本水墨

2012

图/李津工作室提供

1

2

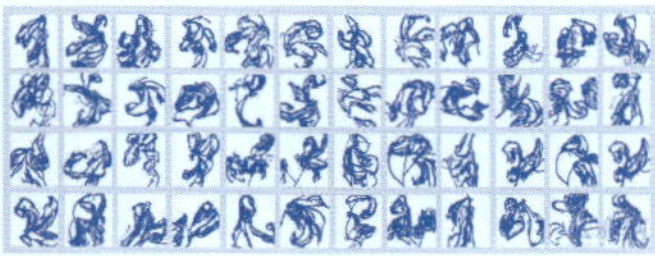

3

4

5

1. 谷文达
2. 徐冰
3. 邱振中
4. 武艺
5. 朱新建
6. 沈勤
7. 朱伟
8. 梁铨
9. 徐累
10. 郝量

清单 这十个人的水墨画也不一样

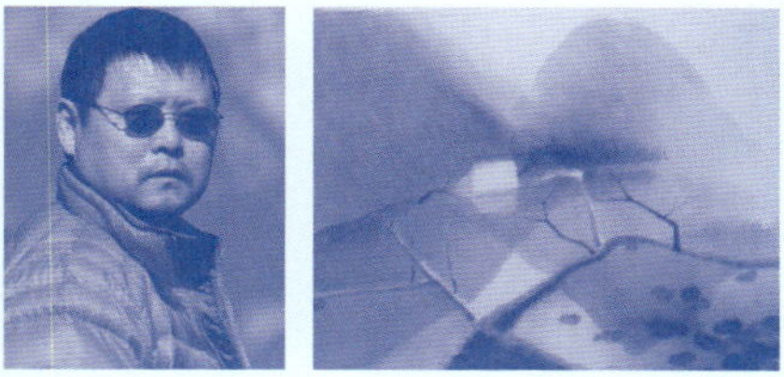

6

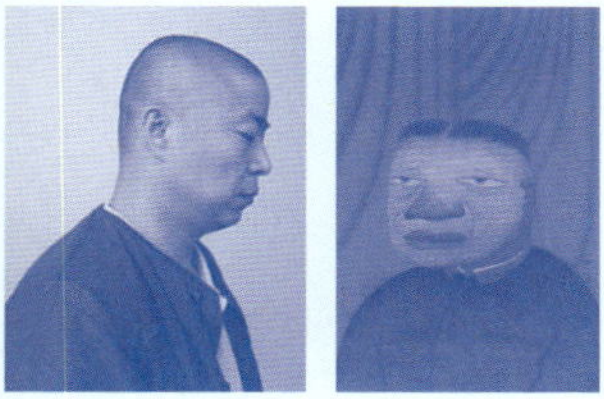

7

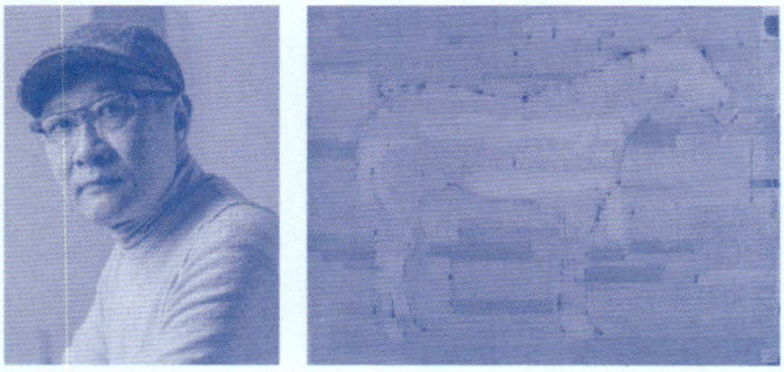

8

9

10

12:00

北京798

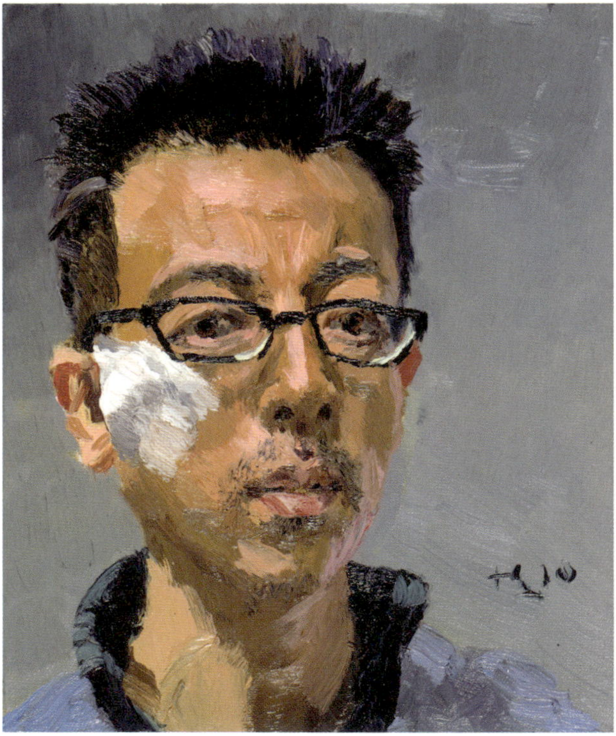

刘小东
自画像
38cm × 33cm
布面油画
2010
图/刘小东工作室提供

写生画家的画室停电了

刘小东习惯把手机设在静音状态，想看时，才掏出来。

他近年在三峡、青海、西藏、北川、太湖、新疆现场写生。看他的画，你可以读出现实中国的各种隐喻，也可以什么隐喻都读不出来，只是简单地受触动、受刺痛和受启发。

社会和个人都有许多可言说与不可言说的疼痛，艺术家就是社会的痛感神经。刘小东不是复制新闻事件，而是凝固历史时空中微妙的瞬间，为这个时代留下有意味的人文景观。

2012年9月12日中午12点，北京已入秋，树叶在阳光下闪闪发光，沙沙作响。刘小东在说。

1

艺术:“艺术家介于媒体工作者和思想家之间。”
社会:“这些地点其实都凝聚了中国目前发展中的一种复杂性在里面。”
我:“我只是跟着这个社会一起纠结,一起想不通,于是奔赴现场。”

问: 我们就从你2010年的自画像说起,为什么要把自己的脸画成受伤的样子?其实在1993年画的《澡盆一》里面,你就把自己画得“很受伤”。过去是什么让你感到受伤害、感到疼痛,现在又是什么?

刘小东(下文简称为“刘”): 其实都是蛮偶然的,现在回想起来好像背后有点儿故事似的。

1993年我去纽约住了一年,在那泡澡的时候怕耳朵进水,就堵了一块手纸。后来从照片里看这张挺有意思的,就画了。

2010年也是,长一个粉瘤,正好在颧骨尖上,挺大挺难受,老摸,越摸越下不去。正好一个哥们儿认识医生,说带我看看去。一看只能割掉,当场就割了,贴一块胶布就回来了。回来以后在工作室对着镜子一看这个样子,拿个画布就画了。然后正赶上2010年有个展览展出我在家乡画的画(《金城小子》),这张画也是那个时候画的,就在一起展出了。

问: 弗洛伊德在他的画室里完成对时代和人性的写实,费舍尔笔下的环境也几乎没有离开家庭、度假地等生活半径。是什么促使你离开画室，离开日常生活，到很远很陌生的地方去进行现场写生？

刘：一步赶一步，对我来说还算是一个比较自然的过程。如果说有偶然因素也是因为一些展览或者是突然一件事的机遇，造成这样画还挺快乐的。

2002年我受邀去台湾教学三个月，也不知道该怎么教，因为教学体系不一样。写实绘画要是一点点教，三个月时间太短。我说还不如我在那儿有点儿半表演性质地画，你们看一看。这样学生可以更直接地体会到绘画从抽象到具象、从一堆颜料形成一个形体的过程。

开始也挺紧张的，因为以前画画都是边上没人，现在边上都是人。但是画完觉得效果不错，原来画画也可以在别人面前画，也没什么大不了。后来2004年去金门展览，蔡国强策划，在碉堡里设展。不在正常光线下展出绘画是很难的，我要从工作室画两张画拿进去，总觉得不太合适，跟那个环境太不搭了。于是我就想能不能到金门去画，或者到大陆的兵营里去画军人。

于是就开始画了，虽然很辛苦，但是打破了过去固有的一些绘画习惯，你变得跟当时的环境特别有关系。绘画变得有点儿像偷偷摸摸，很即兴，没有那么多深思熟虑的时间。周围的干扰也能够使你的绘画有一种新的、异样的东西呈现出来。于是我就画了那一批《十八罗汉》，因为时间有限，很多背景没法画了。对于我个人的成长来讲，形成一个新的面貌，当然后来对之有所延续。

问：你的现场写生似乎总跟当时的社会事件有联系，

12:00

刘小东

出北川

300cm × 400cm

布面油画

2010

图/刘小东工作室提供

比如青藏铁路开通、汶川地震、太湖蓝藻泛滥等。

刘：方才我讲的是从我个人的角度，考虑如何使自己的绘画变得新鲜、有朝气，和自己的过去以及别人的经验都不太相同，这是一个出发点。另一个出发点是我会选择一些有意思的地点。所谓有意思的地点，就是我觉得凝聚了一些说不清的且很复杂的因素在里边的一种场域、一种场景。

到那地方画的时候，我想在那里发生的事情一定能够有其他的意义进来，虽然也是简简单单地对着一片风景，对着几个人描绘，但是背后的社会意义不同。这些地点其实都凝聚了中国目前发展中的一种复杂性在里面，我挑选的基本都是发展和被发展，以及难以说清楚、非常复杂，又不可多言说的地方。

问：你想通过这些绘画表达什么立场？你怎么看这些社会事件？

刘：我不是社会学者，对社会的了解仅仅限于《手机报》《新周刊》这些唠叨的知识分子言论，但是心中有不愉快。

我的思考可能还没有微博上任何一个人的想法高明，我只是跟着这个社会一起纠结，一起想不通，于是奔赴现场。也许能够引起想得通的人或者说得明白的人的一些思考，促进一些改良，这是好的愿望。

问：画家大都热衷表现宏大叙事和历史特殊时刻。毕加索画了《格尔尼卡》，戈雅画了《1808年5月3日的枪杀》，蒋兆和画了《流民图》……面对当下的重大事件，

你有没有手痒，被激发，很想表现？

刘：我也是这么做的。任何时代的艺术家都跟这个时代有关系，只是有的人表现得隐晦一些，有的人直接一些。有的人会绕开这个时代，进行文本上的钻研，像一个科学家一样。不管处在任何关节点上，他都是画他自己的瓶子。我可能属于喜欢参与时代变化的艺术家，而不是天天研究自己的东西的艺术家。所以回头看这么多年的轨迹，我也在勉强地跟随这个时代的步伐。

艺术家介于媒体工作者和思想家之间。社会上发生一些事情的时候，你们媒体可能是第一个冲到现场的，给人添了很多乱，但这是你们的工作。艺术家可能是稍后的，他不用第一时间出现在第一现场。他通过回味一点点地呈现，然后看能够剩下什么，凝聚什么，或者是不是还有什么说不清的东西，能不能用艺术去凝固这件事。

绘画这种形式也许能够凝固一些事情。因为绘画不同于照片，画一张画现场完成也得一两个月，至少这一两个月你在现场。你不是走马观花，虽然接触的是局部，但你所能接触到的范围至少是真实的。

这点我觉得倒蛮自豪的，每一次在绘画现场，我都是跟当地人一样生活一两个月，完成作品。每一种人都会有他的立场，我想画家的角度是相对沉默的，能够给这个社会提供一些记忆的基础，或者说一面镜子？无非也就是这样。

回想我画过的点，比如三峡、青藏铁路、北川、太湖，包括家乡金城的变化，还有最近我在新疆，这种与民族关系有关的地带。

我其实也不是站在一个简单的、非此即彼的立场上，都是命运，摊上了，你怎么办？面对吧。就像一个家庭或者个人遇到麻烦一样，你遇到了，去面对，没有逃避的可能性。我这种绘画可能就是一种面对，我也没有能力解决。面对它，记下它，不要那么早地忘记它。

2

艺术：“怎么画？你就在这，该干吗干吗，这动作不错，停下来，让我画一会儿，就这样。”
社会：“这个社会有很严厉的一面，也会有缓冲地带。这得花时间自己找，别生气，着急也没用。”
我：“没有太强的计划性，从来没有说上哪儿走一圈寻找灵感。”

问：你的现场写生是有计划进行的吗？为什么选择到和田？

刘：我是完全靠时间积累，没有太强的计划性，从来没有说上哪儿走一圈寻找灵感。我的很多想法都是在发呆中冒出来的，或者说正好一件事赶上了，把我挤到那儿了，我就马上做出一个决定。

到和田的直接原因，可以追溯到2007年，当时我在青海和西藏画画，觉得在高原画画蛮有意思的。那时的策划人郭晓彦说：“以后有没有机会到我们新疆画？再一起做。”我说：“好，去。”但是话赶话，就说到这。

那时就把新疆埋在我心里，到今天真正促成这件事的是，今日美术馆一直想找我做展览，我懒，一直没做。但是它的馆长调到新疆做文化厅副厅长，一找我，我说咱画新疆去。一说去，我马上想到和田，二话没有。和田在南疆，我从直觉判断，这个地方比较纠结。一个是这个地方是挖玉的，玉这种文化从皇权到财富，都有一种集中纠缠的东西。还有今天边疆地区是什么样子的，民族关系是怎么样的。

1986年我第一次去新疆，那时候我没有民族这个概念，没有这种微妙的心理隔阂。人和人相处也不用太礼貌，因为都是一家人，只是长得不太一样。我回想那时的心态非常坦然，就跟去河南差不多，只是有一点异域风情。我还不知道应该怎么画那边的人，因为我觉得画出来太具异域情调了，没什么好画的，当时就画了好多速写。

这次去不同，我不是很了解，但我知道要小心翼翼。我只能抓住我这一点，画几个人，不可能画出来这么多的含义。但我觉得在那里画画，去体验一两个月的民情，或者真正交几个朋友，都是很重要的事情。

也听说那个地方很复杂，有沙漠、山区，有一点像阿富汗。危险总在心里，表面上哪儿都不危险。我正在河滩上找地点的时候就突然发生了劫机事件，机场就在离我十分钟车程的地方。身边发生的事情不一定是你亲历的，但是这种危险一直在你心里，在那个地区上空徘徊。所以在那个地方作画要谨慎，和人相处要小心翼翼，尊重人家的民俗。

问：现场写生时有没有出现过场面失控的情况？如何解决？

刘小东
东
300cm × 250cm
布面油画
2012
图/刘小东工作室提供

刘：画画其实很简单，请他们来，认识了，跟他们大概谈谈要画些什么。怎么画？你就在这，该干吗干吗，这动作不错，停下来，让我画一会儿，就这样。画累了，歇会儿，然后还恢复这个动作，再接着画。非常简单，他只要跟你接触了，没有拒绝就算合作了。当然要谈工资，一切都谈好，他就按时来了。

但是在和田有点不一样，沙漠地带的人对时间概念不是很清楚。我找过好几拨人，都说好了，第二天一大帮人在那儿等着，他又不来了。给他打电话他就说："还有这事吗？我忘了。"这种事经常会发生，毕竟是生活很简单的一群人，他觉得忘了就忘了，你再找他也不合适了，再找别人吧。

找到合适的人也靠运气，即使找到了有时他也不来了，譬如突然家里出什么事了，就不来了。很着急，那等着呗，实在不行画到一半换人，再画别人。

维吾尔族信仰伊斯兰教，即使你在画他的时候，他到一定的时间点一定要去礼拜。比如一到下午3点或者晚上7点半，他就不让你画了，跑到一边祷告去了。但是和他们相处起来其实蛮简单的，他们也不吃吃喝喝，不抽烟，不喝酒，画完了就各自回家了，有时高兴了就请你到他们家吃个馕去。挺简单的，跟我们不太一样。

问：这次在新疆的工作和见闻，其中有什么特别触动你的吗？

刘：我们在河滩画画，好多小桥通往河滩，这些小桥天一黑都被河滩的承包者拿大铁杆子给你锁上，我们经常被锁在里头出不来，也找不着人。反正到一个地方就把自己当动物，没关系，找不着人就等着，一宿没出来就睡在野外，也有这种可能性。但总能出来，跟社会一样一样的，总有一些灰色地带能让你逃跑，没有说绝对地咔嚓一下就死那儿了。

这个社会有很严厉的一面，也会有缓冲地带。这得花时间自己找，别生气，着急也没用。在你绝望的时候突然有个人骑摩托来带你走一圈，就出去了。

3

艺术："大家突然发现有艺术家这行当，都是金钱闹的。"
社会："社会的痛和个人的痛都要承受。"
我："总希望这个社会像我们个人的生活一样，有一些喜悦发生。"

问：大家总是在微博上谈论社会负面新闻，负面的社会消息不断地进入视线，很多历史掌故也被挖了出来。你怎么看当下社会？

刘：这要承受，社会的痛和个人的痛都要承受。按过去来说，中国要不富起来，就在世界上站不住；今天富起来，有的人脑子全被钱给洗干净了。

怎么办呢？（长时间的沉默）

出国你也不愿意看到一大帮中国人在那儿大声喧哗。但是另一方面我也在想，这个民族还是愿意吸收别的文化的。从一个孩子的角度来说，他更多会选择去中国人少的学校读书，因为觉得那样可以更快融入人家的文化。希望改良，希望吸收别的文化的精髓，非常自觉。

这么多人对社会的发展感到焦虑，很多知识分子似乎都想参与到改变这个社会的进程里。但是真的到实践中去的时候，你发现你还不如一个村长有力量改变这个世界。

总希望这个社会像我们个人的生活一样，有一些喜悦发生。希望走出门瞧一瞧，又碰到一些高兴的事，或者让你高兴的风景。

问：你不喜欢别人称你为艺术家，总是自称画家。这两者在你看来有何不同？

刘：这话有当时的语境，当时艺术家可能太时髦了，什么人都是，一说艺术家好像挺操蛋的，画家还老实一点，我希望有一个诚恳的形象。

当年好像艺术家突然被社会接受，其实艺术家是一个很老的词，那几年被炒作成好像一个新词一样。大家突然发现有艺术家这行当，都是金钱闹的，变成报纸的头版头条了，所以我反感这个叫法。

4

艺术："艺术家没有什么权力，都是草根。"
社会："社会需要各方面的人。"
我："我已经非常幸运了，真的非常非常幸运，做着自己喜欢做的事。"

问：有一种说法，用于感叹中国人社会阶层的分化——我奋斗了十八年才能和你坐在一起喝咖啡。意思是农村人和城市人的生活方式有巨大的鸿沟。你这次回乡对家乡有什么感慨，或者家乡人有什么感慨对你有触动？

刘：我们老百姓诉求很简单，就是活得好一点。我这一代人快过去了，我很庆幸我这些朋友都是五十岁的人了，现在到哪儿去打打更，看看大门也就过去了。五十岁在地方已经挺老的了，地方人对寿命没有过多的期待，活到七十就挺满足了。不像大城市的人，天天要长寿，要医疗，一有病就上医院。还有二十年，这些朋友可能还能活过去，起码他们还有子女。

问：“草根”这个词你怎么理解，你觉得自己在哪个时期算草根状态？草根状态怎么形容，特别难出头还是很有希望的感觉？

刘：我没有那么多概念，但是我觉得自己一直挺弱势的。别人看我可能觉得挺成功的，可是我觉得自己真的是招架不过来的微弱，你也看到今天我的工作室连电都没有，我也解决不了这个问题。

我有很多问题解决不了，都是躲开。我跟我家乡人的活法一样，这活不下去，我躲亲戚家去。北京的工作室没电了，我出去画画去，我也没法改变。

“草根”这个词本身就说明有一些人不是草根，不是草根的人是真正掌握权力的人吧。艺术家没有什么权力，都是草根。也许艺术家也太过分了？需要的空间太大，社会没有那么多资源给你。不行我有我的办法，搭个帐篷到外头画我觉得也蛮好。这屋没电，我就用自然光，早晚会有吧。这样说起来有点像诉苦，我不应该说这些，说这些找骂。我已经非常幸运了，真的非常非常幸运，做着自己喜欢做的事，社会上有很多人是不可能做自己喜欢做的事的。

问：“屌丝”这个词你听过吗？你怎么看这种人？

刘：社会需要各方面的人，我倒挺乐观的。就拿我自己家里人来讲，我的侄女，我亲哥的孩子，就是一个微不足道的人，连学都没怎么上的一个女孩，做点小买卖，她也很满足这个状态。社会需要这样的人，不见得必须全是大学生。

我的女儿是大学生，但我的侄女不是。我这一个家庭里头，就有所谓“屌丝”，也有生活稍好一点的。从来想到我侄女的时候我都没觉得，她要是读书多好，她的命运能好一点。她承接了很多民间的传统和智慧。比如结婚、葬礼有什么讲头，我侄女都懂，但是我女儿就什么都不懂。这说明我侄女继承了一些民间文化，我女儿可能就继承了书本知识。社会这两种人都需要，我家庭里就有这两种人。

5

艺术：“现在商业可接受的艺术的范围挺宽的。”
社会：“把自己说低一点，给人家一个惊喜，这是契约社会普遍的美德。”
我：“我画所有的人的心情就像画静物一样，和我对待一草一木的态度是一样的。”

问：你画了这么多，好像只画了一个白富美——林志玲，你生活中的白富美是什么样的？

刘： 我脑子里真没有那么多对人的区分，人要不好就不接触，我也懒得接触那么多人。我身边也没有特典型的白富美、高富帅，全是长得歪瓜裂枣的样子。中国人哪有几个长得好看的，都差不多。我就喜欢自得其乐的人，林志玲不一定比我侄女心情好，不要用一个模式去追求人生。

我哥就心情特好，做点小买卖，也在单位上班。他的心情好是天生的，天生就乐哈哈的，我挺羡慕这样的人。他就在一个小地方生活，只要活得比别人好一点就高兴得要命。他有他的活法，不行就跑呗，中国人都会跑。

问： 你的画，模特挺杂的，三教九流挺难打交道的。怎样让他们进入你的状态，跟他们交流有什么障碍和技巧吗？

刘： 要天天画林志玲这样的人我也挺紧张的，别人长得那么漂亮，你一笔不小心把鼻翼画大了，人家好不容易长那么精巧。

画一般的老百姓他不太看你画的是什么样子，我就挺放松的。好多被画的人，不管把他画成什么样子他都高高兴兴就走了，我喜欢这样的人。其实我画所有的人的心情就像画静物一样，和我对待一草一木的态度是一样的。不需要他给我过多的反馈。

我不接定件的，接定件就有这个问题。这是不是给我画胖了？我有这么胖吗？这就可怕了。画写实的人会有人请你画像，我从来不干这事。多大压力啊，画画也不是照相，有时就容易画歪了、画拧了。

好在现在商业可接受的艺术的范围挺宽的，不像过去，只有几个人有钱，当然所有的行业都为他们服务。今天是商业社会，你可以随心所欲，只要能够找到商业渠道，能够流通出去，你就活下来了，所以今天的绘画跟过去就不一样。

问：你小时候希望自己的画能和委拉斯贵兹的画挂在一起，现在呢，想和谁的挂在一起？

刘：我自己也说了很多文艺腔的话，都不好意思收回来。挂什么挂？过去就过去了。我的画我就喜欢挂在自己工作室的墙上。

但是我不会挂在我认为很烂的美术馆的墙上。我喜欢挂在做事规范、有学术积累的美术馆墙上；我不喜欢挂在特能忽悠、特江湖的美术馆的墙上；我也不喜欢挂在收钱的美术馆的墙上；我喜欢挂在出于对你的作品的细致考虑和尊重的基础上而决定展出你的作品的美术馆墙上。

问：你是在东北出生的，后来生活在北京，又经常往返于美国，你怎么看东北人？

刘：东北人里的人和人是有区别的，但是中国人习惯把一个地区的人都归纳成一个样子。在东北，冬天冷，冬闲的时间比较长，所以大家都爱坐炕头上瞎侃，聊得都不着边际。这不是一个契约社会造成的基因，完全是炕头上侃出来的，所以说东北人的基因里头有夸张的成分。

在契约社会里说话宁可说低一点也不要夸张，因为你做的事情的结果，经常不如人家预料的结果好，所以不如把自己说低一点，给人家一个惊喜，这是契约社会普遍的美德。非契约社会的人都愿意把结果说得特别的好，其实真的做不到那结果。

问：你怎么看赵本山小品塑造的东北人形象？

刘：逗人乐呗，其实赵本山小品里的东北人形象也不是他塑造的，是二人转文化塑造了他，他把乡里乡亲的二人转文化带到了一个大舞台上。

问：初到一地总会受到异质文化的冲击，产生文化休克。如今你经常去美国，美国的政治、经济、社会形态、人际交往等给你这样的冲击吗？谈谈你在美国的经历。

刘：接触一个人都会无形中互相影响，更别提那么不同、那么强大的国家对你的影响了。1993年我在那待过一年，从那以后陆陆续续经常去。美国人做事还是比较规范的，也有人情，但是做起事情来事情归事情，人情归人情，能够掰得清，契约制国家的人好相处。

美国路上的标志都会替陌生人考虑，在美国不容易走丢。美国人基本的礼貌都到位，人都很友善。当然大城市也有通病，纽约冷漠一点，但是到小城市，陌生人见面都说hello的。也有分寸，知道哪一部分是隐私不要涉及，哪一部分是公开的可以谈论。

6

艺术:“你要喜爱它,一生喜爱它,一生都和权力无关。”
社会:“有很多板块可以跳来跳去,所以有些中国人容易成为‘跳梁小丑’。”
我:“(理想中的电影)我是拍不出来的,(理想中的书)我也是一辈子写不出来的。”

问: 你曾说过“如果不画画没准就去拍电影了”,为什么中国人老拍不出高水平的电影?我们还缺点什么?

刘: 其实中国一直有高水平的电影,只是做各行各业的人最后都是迷恋权力而忘了初衷。艺术也一样,艺术家其实一直是跟权力抗衡的一种社会职业,但是艺术家做到一定程度以后,他本身的影响力也会变成一种权力。如果他在社会上又担当了一些什么的话,他的权力会越来越大。

真正创造好东西的人是很职业的,脑子里没有除这之外的多余享受,比如权力上的享受。同样有很多禁忌的伊朗却有很多好的电影,就是由于艺术没有变成权力。

从事艺术真的要出于喜爱,而说高尚一点是要献身的。你要喜爱它,一生喜爱它,一生都和权力无关,一生都不要指望靠这个去给自己挣到多大的能量,艺术真的是抗衡其他权力的一种献身行为。不要因为艺术而把自己变成(名利)现场,永远跟现场保持距离,这应该是一个艺术家应该注意的。

在中国做到一定份上了容易跟权力挂钩,于是遭人唾弃。艺术受人尊重的一点是,它永远是平等的,它永远都站在一个平等和特别人性的立场去揭示这个世界的秘密。它是一部心灵史，有时容易忘了这一点，权力很迷人的。

问：你的这番话让我想起微博上流传的美国记者艾玛·拉金在《在缅甸寻找乔治·奥威尔》一书中写过的一则传说：有一条恶龙，每年要求村庄献祭一个处女，每年这个村庄都会有一个少年英雄去与恶龙搏斗，但无人生还。又一个英雄出发时，有人悄悄尾随，龙穴铺满金银财宝，英雄用剑刺死恶龙，然后坐在尸身上，看着闪烁的珠宝，慢慢地长出鳞片、尾巴和触角，最终变成恶龙。

刘：这确实考验着每一个人，其实这个行业给你带来的光荣你应该满足了，但人往往在这个行业干到顶峰之后还想跨到另一个行业，想获得另一个行业的荣耀。这是一种生命的欲望，对男人和女人都形成诱惑。

你在这个行业成功之后，那个东西就离你近了，你就会垂涎三尺。但这个时候恰恰是你长出尾巴的时候，你也会变成恶棍。

政治很令人窒息的时候，艺术家就是个吹鼓手，很难独立；商业很强大的时候，艺术家也容易迷失。艺术说得朴素一点，还是应该基于喜爱，而且别因任何事情使这种喜爱变味。

中国艺术家的处女作、开山作往往都很好，往后就很难。在西方，被淘汰是一个你没有办法逃避的现实，但是在中国可以用别的办法避免在生前被淘汰。中国这社会有很多跳板，这块跳板快塌了，你可以跳到另一块跳板上，你一直还在上升状态。不谈艺术本质的上升，而是在有生之年你一直有上升的状态与心情。

艺术板块快坍塌了，你可以跳到权力板块上去；权力板块坍塌了，你跳到财富板块上去。有很多板块可以跳来跳去，所以有些中国人容易成为“跳梁小丑”。

其实有时就不要跳了，这块板塌了就认命吧，整体如果都这样的话才有真正好的东西出来。跳什么跳，你不行就是不行了，被淘汰就认命、接受，改行做别的。我们可能缺少这种社会氛围，笑贫不笑娼。

只要成功就是好的，缺少对失败者的接受、对失败者的敬意。大家谁都害怕失败，只要处女作成功了，就要一直保持成功。天下哪有这么好的事？你的一生闪过一点已经足够了。出于热爱，你就得接受将来的失败，失败了你仍然热爱，你的基因才变得好起来。

问： 你在画册中提到北宋李公麟《海会图》时曾写过这样一句话：“用油画很难像国画那样画出水和人的神交。”你的语言很特别。如果不出一本画画的书，会出什么书？另外，如果可以拍一部电影，你想拍什么电影？

刘： 我想写一本完全不搭界的技术书，那我才厉害。如果仅仅谈谈艺术感受，那谁都能谈。

拍电影我没那本事，我老想拍一部破案片，破案和人情搅在一块的一部片子。可我缺乏逻辑思维、推断性等东西。

理想跟现实正好相反，这些东西我是拍不出来的，那样的书我也是一辈子写不出来的。但是你不是问我的理想吗？如果从可操作的层面来说，我最容易出的书就是我的工作日记、工作笔记。若拍电影的话，最容易实现的就是拍现实的人和事，家长里短，日常的事情。

7
艺术："不适合做艺术，拼命学也能到一定的位置，可是真苦啊。"
社会："做事应该互容互惠，这才能合作得好，才能可持续发展。"
我："诚实。这点很重要。"

问： 在谈起与侯孝贤的合作时，你曾说过："过去想出名，'我'是第一重要的，现在我觉得'我'是一个越来越可耻的词，共同光荣才是美好的。"说说这么多年来与你最合拍的几位合作者，他们身上共同的特质是什么？

刘： 有很多这样的人。见过世面的人都懂得这个道理，做事情要互相包容，没见过世面的人容易为自己考虑得多一些。人要见过钱、见过权，这两关过了就会通达一点，就能够懂得做一件事情要互赢。

当然有的人在奋斗中会忽略这一点，人在奋斗中他的脑容量是有限的，你得谅解他。他可能真想不起来别的，你对他要求那么高是你不对。做事应该互容互惠，这才能合作得好，才能可持续发展。

问： 你交朋友最看重哪一点？

刘： 诚实。这点很重要。

问： 在女儿成长的过程中，你扮演怎样的角色？

刘： 我是属于向她撒娇型的。我知道父亲在一个家庭里的位置是不可缺少的，只要有就行了，不见得做什么事，只要我在那儿她心情就愉快。有她妈妈日常管理，我再管就多了，我基本是纵容型的、撒娇型的，哄她开心。我知道她的本质也变不坏，所以我什么都不管。

问：如果可以重新选择人生道路，你想学什么专业，成为什么样的人？

刘：现在往回推，想想我小学、中学那个环境里头，数理化肯定不行了，要想出来还得靠文科，比数理化容易。文科我的阅读能力也不行，还得画画，没办法。

我现在回想我过去，理性地分析如何才能逃离那个小镇，靠什么办法？只有靠技术移民。

我也知道数理化好，但是不行啊，小地方本来教学水平就不高，靠数理化考到北京太难了。那只能搞点特长，有特长就能够有机会出来。就这身材，想搞体育也不太行。我虽然小时候练武术，但是武术属于表演类，到一定年龄就上不去了，搞举重不是那个体形，搞体操没那么柔软，搞跑步又腿短。这都不行，所以排除来排除去，还就是画画了。

一个人从事适合他做的事情很重要。不适合做艺术，拼命学也能到一定的位置，可是真苦啊。我没觉得苦。

问：《新周刊》做过一个专题叫作F40，概念来自F4。四十多岁的中国男性挺分裂的，能做的有限，但是又都在能做的位置上。四十九岁，你的感受如何？

刘：人到四十多岁就担当了社会的主要责任了，大到社会，小到家庭，四十多岁的人都躲不开了。我也是这个年龄，这个年龄应该学会减法，再不减会承担不住了。

记忆本身就是一种重量，你脑子里已经储存了四十年的记忆，本身压力就够大了。四十岁以后应该减掉一些东西，不要再往上加什么了，不要太贪婪。减掉一些，能够轻松一点度过后半生。

问：“我们都四十多岁了，每个人都是一部小说。”你曾这样说过，如果给你这部小说起一个标题，会是什么？

刘：我想不出来，太难了。这就像给我自己再起一个名字似的。●

12:00

刘小东
三峡大移民
200cm × 800cm
布面油画
2003
图/刘小东工作室提供

刘小东
三峡新移民
200cm × 1000cm
布面油画
2004
图/刘小东工作室提供

1

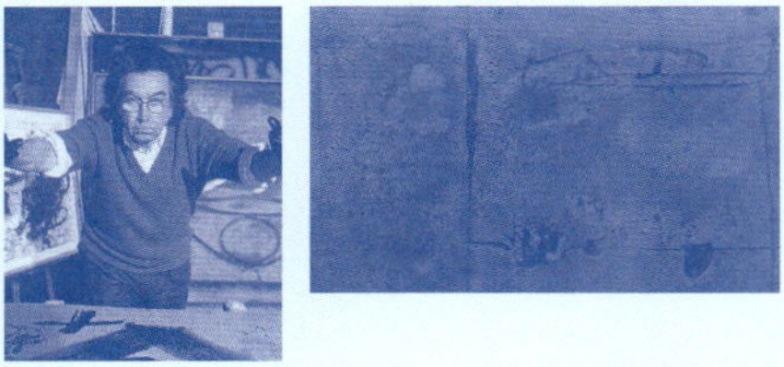

2

3

4

5

1. 安德鲁·怀斯（1917—2009），美国新写实主义画家，凄凉唯美的“怀斯风”在中国触发了伤痕美术。

2. 安东尼·塔皮埃斯（1923—2012），西班牙抽象大师，他对“卑微的材料”的大胆使用对中国艺术影响至深。

3. 罗伯特·劳申伯格（1925—2008），美国波普艺术家，1985年11月他在中国美术馆举办展览，三周参观人数超过三十万人次，是中国实验艺术的首席缪斯。

4. 赛·托姆布雷（1928—2011），美国抽象派大师，将书写、素描、涂鸦与油画巧妙结合。

5. 格哈德·里希特（1932—　），德国画家，创造了一种画照片的全新方式。

6. 卢西安·弗洛伊德（1922—2011），英国当代最伟大的表现主义画家，尤其将人体画到入木三分。

7. 安塞姆·基弗（1945—　），德国国宝艺术家，新表现主义代表人物。

8. 大卫·霍克尼（1937—　），最著名的英国在世画家。

9. 马琳·杜马斯（1953—　），南非画家，现居阿姆斯特丹，画的是油画却有中国水墨的视觉感。

10. 吕克·图伊曼斯（1958—　），比利时画家，擅长将不起眼对象描绘出新意思。

清单　十位影响中国当代艺术的外国艺术家

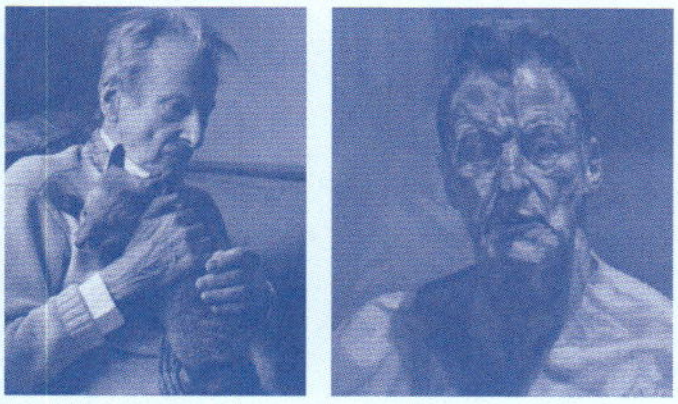
6

7

8

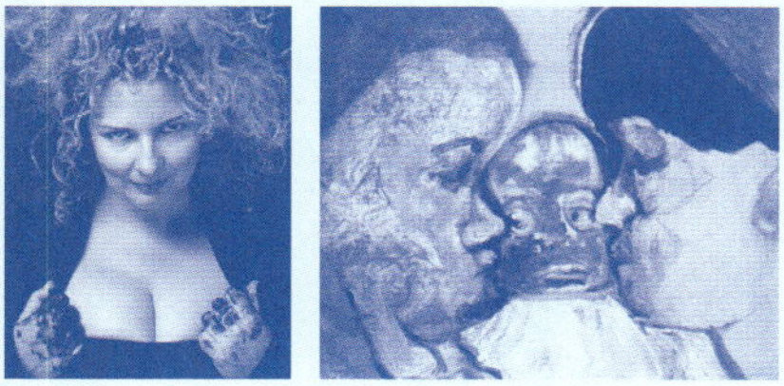
9

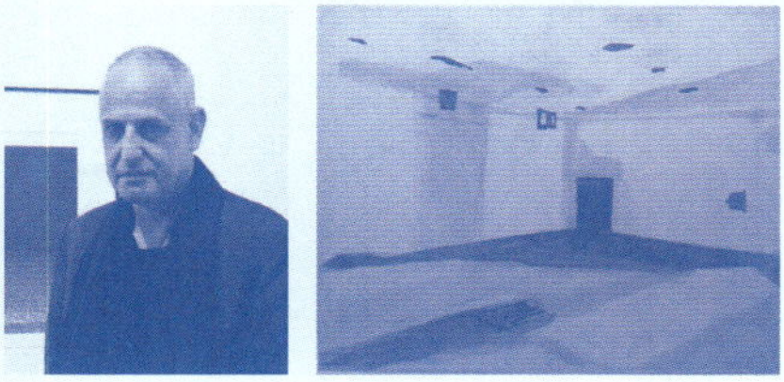
10

13:00

广州二沙岛

方力钧

1993年9月 北京

摄影/肖全

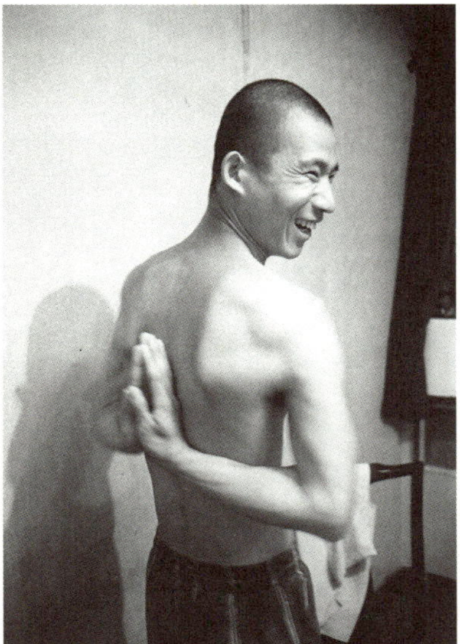

当代艺术F4在打瞌睡

方力钧盘腿坐在地毯上，非常仔细地看着我的每幅照片，他每看完我一幅照片，都小心翼翼地用双手轻轻挪在一边。当时，我就在想，我一定要拍这个人。这是一个看起来很“泼皮”，却是一个十分有涵养的艺术家。

——肖全《我们这一代》

2009年12月9日，午饭后，方力钧独自待在广东美术馆无人的贵宾厅，靠在窗边的藤椅上打瞌睡。广州下起一阵冬雨，室内刚清洗过的地面泛起潮气，因为连日劳累，方力钧面有倦色，踮着脚去洗了把脸。

他正在布置的这个名为“时间线索”的文献展，是从1958年说起的。那一年方力钧还没出生。

小学三年级的临摹涂色作业里，方力钧画的太阳不够圆，只得了一个“良”。广东美术馆馆长王璜生说：“他当年的速写，画得还不如我儿子。”还有人对方力钧开玩笑：“你这个展览太有教育意义了，让人知道画得这么差都可以成为艺术家。”

公众眼中的方力钧是当代艺术F4之一，是带着大笑面具的当代艺术英雄，很少人了解真实的他。这个展览巨细无遗地展示了他的生命履历，告诉你他怎样画画、怎样交友、怎样玩耍、怎样成为艺术青年直至中年，告诉你他到底是谁。

方力钧说："这些年大家都在说一些和当代艺术核心价值不太相关的事，比如市场炒作，或者互相谩骂、互相捧场。我的展览是想把当代艺术的本身构成、社会背景、发生发展等基本问题做一个整理，理清当代艺术在中国发展的前因后果。"

方力钧的个人经历是这次展览的三条线索之一，另外两条是时代变迁与当代艺术发展历程。四个展厅看下来，观众看到的是一个人顺其自然的生长，一位艺术家一脉相承的创作。几乎没有夺人眼球的节点、拐点、引爆点。方力钧弯着眼睛的招牌笑脸贯穿所有年份的照片，在河北轻工业学校宿舍里是这样，在乌里·希克的聚会上是这样，在自己的婚礼上也是这样。

"我每拐一个弯在别人看来就是一个拐点、一个选择，但其实这都是为了去到某个地方而发生的。我并没有转折，也没有变化，我走的是一条捷径，我所有的行为都是最自然产生的。"

方力钧运气不错，保留着他素描手稿的木箱子仍然可以找到，大学同学杨茂源搬家时翻出了一卷二十张他的素描和油画习作，周遭的人也都留着关于他的"只纸片语"。他的创作都呈现在这里了，方力钧说自己把工作室都搬到了广东美术馆，但他强调这个展览"并不是一个结论性的展览，只是相对客观地把关于社会、历史、政治、个人记忆（包括教育）的实物重现出来，把基本工作做好之后，大家再去进行评价的时候好有个依据"。

1
先有艺术家的创作，才有玩世现实主义

1988年，方力钧在后海学会了游泳。他第一次画光头也是这一年。其毕业创作素描稿“光头”系列，后来还在栗宪庭的推荐下参加了1989年“中国现代艺术大展”。他的“光头”充满反讽意味，和刘炜等人的作品一起被栗宪庭命名为“玩世现实主义”，成为一个时代的代表作。

方力钧说：“‘玩世现实主义’是到目前为止我们能找到的最恰当、最准确的描述，但因果关系是——先有了这些艺术家的创作，栗宪庭先生再很努力地对这件事做一个总结。人们往往太过关心文字描述，而不太在乎事情本身的发生发展。我们是这个标签的最大受益者，这个标签也是最掩盖真实情况的。”

方力钧爱惜羽毛。当圆明园画家都急于交易，他的目标却是进入世界上最好的美术馆。他以非常稳健的态势脱贫致富，圆明园时期他就不再找人借钱了，还改蹭饭为请客。1994年到宋庄之后，方力钧的感觉越来越好，状态也越来越松弛。

“我关心市场，但是在一定的比例和分寸之内。”面对中国人对天价当代艺术的追捧，方力钧的感觉是“好像又回到了全国人民都梦想成为万元户的时代”。

“问题是，到底货币重要还是艺术品重要？我们往往把一件艺术品的局部价值放大了，却对核心价值视而不见。”

在方力钧的个人经历中，圆明园时期的部分总是被反复强调。因为那里是传奇产生的地方，有很多故事可供回忆与书写。但是很多人都忽略了，方力钧毕业于中央美术学院版画系。在20世纪80年代，这样的教育背景是很了不起的。

“对于我个人来说，美院是至关重要的。如果没有美院的这种教育，其实我很难去定位自己，以后做事的那种自信心也很难建立。”但他很快又说道，“从另外一个方面讲，生命中几乎任何一个时间段的连接都是至关重要的，所谓‘三分气在千般用’。人活一口气，不光生命是靠一口一口的气来延续着，你做事情也是靠一次一次的机会来促成的。从这个角度来说，其实没有任何一个时间段不是至关重要的。”

1989年大学毕业后，方力钧放弃能解决北京户口的造币厂工作，搬到圆明园，进入疯狂创作的三年。那时并不是方力钧人生最辉煌富足的时期，但绝对是灵感爆棚、充满了创作力的时期。

“人当然希望有非常舒适的生活，但是描述完全部舒适境况之后，我们会发现自己跟工厂里养的肉鸡差不多。回头看这三十年，我始终是工作狂的状态。”但他一再提醒自己，“人这一生只能做很少的事，你认为自己很有能力，可以把天底下的事都做得很好，这是非常虚妄的，很危险。所以尽可能地把这些东西都去掉，只做一些很现实的事。这相当于刹车系统，不要让自己没边了。”

方力钧
1997.1
162.6cm × 129.5cm
布面油画
1997
图/方力钧工作室提供

2

唯一不能做的就是做一个规定好的人

王璜生认为方力钧“聪明而极为勤奋，机智而富于思考，幽默而深藏沉思甚至沉重忧郁，豪爽而又细致细心甚至细腻，精于安排和理性”。这并非溢美之词，方力钧头脑确实非常清醒，又有自嘲精神。

“动物园里有一些动物是明星动物，围观的人非常多，给糖和瓜子，它必须要做出人们喜欢的样子。另外一种动物是野生的，一生里出镜的可能性是零，没人知道曾经有这样的生命存在过。这是两个极端，你更喜欢哪种生活就往哪个地方靠一点。”

这次到广州，方力钧随身带着刘海粟的传记。不管是委屈还是得意，他都会回到历史里找感觉：“读历史对自我的认知和定位有好处，有点像吃药一样。”历史是已经定了的事情，没有其他的选择。读历史能更贴近地体会不同历史人物在不同背景下做出的选择，这也是一种增长间接经验的方式。

“慢慢多了解了一些之后，我发觉以前自以为特别了不起的那些发现，其实在我们的社会和文化体系内根本不算什么。它仅仅是一个普通人的普通经历而已。”方力钧指的是他曾亲眼面对的诸多死亡事件，“年轻的时候荷尔蒙多一些，阅历浅一些，懂的事少一些，看到什么事情都觉得很震惊，很不可思议。”

他用“舒服”“自由自在”“挣扎”三个词形容自己现在的状态。“有时候你很享受你就是一个动物，你还很健康，你没有很多的约束。有时候你是一个基本的人，有家人有孩子，知道和家人怎么相处，和外人怎么相处。有时候你是一个被现实社会训练得已经足够老奸巨猾的人，你能够逃脱掉危险，你能够很识趣，让对方很高兴地达到目的。有时你是一个精明的人，比别人算得更远更精确，你也会偷偷得意。有时候你会觉得别人技高一筹，比你算得更远、看得更精，懊恼之外你又会非常欣喜地欣赏人家。失败也是一种得到，这种得到可能还不是那么容易得到。”

他理想中的人生状态是既能履行作为男人的责任，又保有个性和自由。“有时候你也特别乐意做一些坏事情，表示你是自由的，你不是完全被人洗了脑，或者泡在福尔马林里的。有的时候你可能需要恶作剧，或者需要在这个事业上有一点建树，证明你是有能力的。有的时候你甚至可能需要心惊肉颤的感觉，然后赶紧逃跑，发现自己是很胆小的。唯一不能做的可能就是做一个规定好的人。”

方力钧是感性的。“我看电视里为战友去守坟的人，会控制不住眼泪，觉得内心受到的感动非常强烈。”但是他并不会沉浸在这种感动中无法自拔，“不用擦干眼泪，我就可以转身，人可以并行的。”

同时，他对社交媒体在他面前展开的心灵地图十分着迷。“我看到人心所关心的、人心所感受的、人心所想的。这些对于创作可能是决定性的，虽然技术处理上可能不一定是这么直接。”他说道。

13:00

方力钧
2016
244cm × 366cm
木刻版画
2016
图/方力钧工作室提供

3

没有什么事情是特别恶劣的，因为我可以把它转换成能量

“1989年至1990年，我画了三幅素描；1990年至1991年，画了七幅黑白油画；1991年至1992年，画了十一幅彩色油画。”方力钧可以很明确地告诉你早期的工作情况，而现在，情况变复杂了。

“有的创作跨度非常长，要五到七年才能完成一件作品。有的可能是组画，一件作品需要上百件小的局部拼凑完成。要是按照单件作品的话，目前也就是一年能做十几件作品。每一件作品的工作量都非常大。”

工作有很多方向，首先就是要做选择：“我的作品从来没有过变化，我也从来没想过变化。我现在的这种生存状态直接导致了我现在作品的出现，我只是没有把我的一切都呈现出来，我是经过了选择的。”

另一方面，方力钧希望尽可能地有效率。他一直调整自己，希望把所有事都纳入到对工作有益的轨道上来。“我做一个餐厅，特别知道把库存的原料拿到厨房加工，然后端上桌子，其中包含着上游供应、物流和最后出品的流程。对我来说，一切都能变成上游供应。没有什么事情是特别恶劣的，因为我可以把它转换成能量。”

方力钧勤奋工作，只要在北京总会待在宋庄的工作室，他在宋庄度过的时光比在家乡邯郸还要长，工作室里堆满了数百件正在创作或他认为失败了不肯示人的作品。

外出时他总是随身带着卡片相机，有点强迫症似的拍下一切可能成为创作素材的、有意思的东西。

“一个艺术家到了要想点子找题材的时候就很惨了。我有一个非常重大的工作，从我开始懂事的时候，就慢慢把自己调整成为原材料本身。比较矫情地说：你到处找水喝，不如把自己变成一口清泉。”他说道。●

1

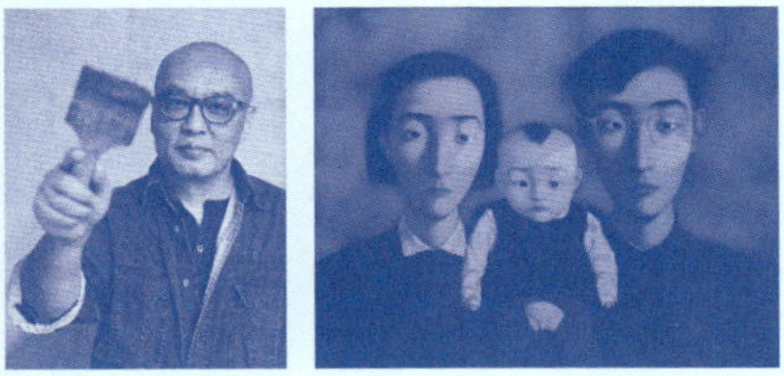
2

3

4

1. 王广义（1957— ）

代表作：“大批判”系列

批评家黄专评价王广义：“广义的知识来源特别复杂，从小人书、通俗杂志到很复杂的哲学著作，这些东西都搅在一起。他说话有的时候很幼稚，有的时候很玄，他就是这样混在一起使用的。”

2. 张晓刚（1958— ）

代表作：“血缘-大家庭”系列

“我们所处的是一个多么疯狂而又虚无的时代！看着现代艺术大展上那些急躁的同行，真有某种说不出的东西……我感到我们与那些简单的‘破坏者’是格格不入的，与那些虚无的权欲分子是格格不入的，与那些企图让艺术远离人的灵魂去接近戏弄视觉感官的样式主义、去接近金钱的占有者们是格格不入的……”

——张晓刚致毛旭辉的信，1989

引自《失忆与记忆：张晓刚书信集》

3. 岳敏君（1962— ）

代表作：“大笑人”系列

“中国人谈问题总是把道德因素放在里面，这会蒙蔽我们的眼睛。把钱弄得很道德化，大家都挺舒服的，这个当然好。但是艺术家始终是特殊的，是人类思想和各个方面的实验品。他们可能更勇敢，更愿意去冒险，更具有打破常规的思维。”谈到金钱和创作的关系时，岳敏君说。

4. 方力钧（1963— ）

代表作：“光头泼皮”人像系列

“我记得那个时候（20世纪90年代初在圆明园画家村）我每一天早晨6点多钟就起床锻炼身体，吃早点，然后准备一下，8点钟已经开始正式画画了。一直画到其他的艺术家陆续起床、开始刷牙的时候，基本上我一天的工作就差不多可以结束了。”方力钧接受采访时说。

14:00

重庆虎溪

庞茂琨

她与我

30cm × 40cm

布面油画

2017

图/庞茂琨工作室提供

“腿师”的画室堪称全中国最闷热

7月底，重庆日均气温三十七摄氏度。午后2点，庞茂琨的工作室可能是全中国最闷热的工作地点。虽然有二十一扇窗，可是风一点儿也进不来。

“太热了！”庞茂琨推开门时忍不住抱怨。但只要一进入画室，他就迅速进入工作状态。步下台阶，打开空调，还没等室内凉快一点儿，就拉开抽屉，翻出要用的颜料，一支支拿出来挤在调色盘上开画了。

“每天早上颜料新鲜的时候画起来最舒服，到了下午颜料干涩，画起来就吃力了。”

楼下步行街上循环播放的“分期付款买手机”的广告声和口水歌直扑进来，魔音穿脑。曾有个摄制组在他的工作室待了一天，摄影师几乎被一刻不停的音响折磨疯了。但是对投入绘画的庞茂琨来说，这不是干扰。有时外面唱到副歌处，他还跟着哼两句，同时手里的画笔没有任何迟疑停顿。

他把老花镜挂到脖子上，退到两米远的地方端详刚画好第二遍的垂死的荷罗孚尼。

2017年7月24日，他临摹了卡拉瓦乔的《犹滴杀死荷罗孚尼》，并用自画像替换了画面右下角的老妇人。第二天，他又觉得左侧脸自画像效果不好，便将头改为转向右边，看着画外。换成别人要弄很久的细节，对他来说就是两三个小时的事。

庞茂琨的绘画能力在中国写实圈是首屈一指的。他也是极少数不拖延、拿起笔就能直接画的艺术家，并且画得又帅又快。

20世纪80年代在四川美术学院读书时，庞茂琨就有个绰号叫“腿师”，这是四川袍哥的俚语，意思是大腕、大师。他的“腿”来自技术，你能体会到画家不是在那儿磨，不是在那儿抠，而是在享受画的过程。

1

他画画如庖丁解牛

访客走进庞茂琨位于川美虎溪校区的工作室，总是最先被欧洲家具、摆件和铜版画所吸引。然而他每天到工作室却不是来品味生活的——作为川美院长和重庆画院院长，只要一开学，他就忙到时间都不是自己的了，暑假几乎是一年中他唯一可用于创作的大块时间，也是他最享受的时光。

《毕加索传》中写到，毕加索住在蒙马特“洗衣船”时最享受的事，就是夏日傍晚把自己反锁在画室，光着膀子热火朝天地画《亚维农的少女》。

如果毕加索对画画没兴趣，他肯定干别的去了。画画不是简单的劳动，它的本质是生命的愉悦。面对模特或前人的杰作，画家是有冲动的，他可以不动声色，可以完美地施展绘画技法，但画面中依然会流露出生命的信息。

庞茂琨画画如同庖丁解牛。当他坐在画家的位子上，便开始施展用目光剥开对象的能力，不管那是一只桃子、一张照片、一个模特还是一张名画。

“我们这一代人，可以写生，也可以通过照片转换上去，都能非常准确。我个人不喜欢拿投影仪把照片投到画布上再去打轮廓的办法，更麻烦，而且不太顺手。我都是直接画，稍微不准确也不要紧。”

学生们为了观摩他作画的过程，经常带模特到工作室来请他写生。前阵子油画系的研究生们就带来了一位意大利女访问学者，请庞茂琨示范了两幅写生肖像。虽然画一幅写生肖像只要四五个小时，但他觉得这样给学生示范没什么好处，只会让他们觉得离绘画更远了。

“我表演一下，他们来过一下瘾，结果作业一塌糊涂。这个东西要靠很长时间的磨炼、积累，造型能力、色彩能力达不到的时候，技法讲得清清楚楚他也没办法达到。”

那庞茂琨又是怎么做到的呢？故事要从1978年以前说起。

2
他在川美三十九年

从1978年考入川美附中，到2015年11月就任川美院长，庞茂琨的前半生都在川美度过。

进附中之前，他连明暗素描和色彩都没画过，但是入学后看到别人怎么弄，再听老师讲一下概念，画了两三张就跟上来了。后来看到77、78级本科的学长们搞创作，他又跟着画起了批判现实题材。连老师都觉得惊讶，这孩子怎么一教就可以画了？

所以，庞茂琨小小年纪，就得了个“腿师”的绰号。

“当时我是中学生，班里还有张杰、李强、罗发辉、翁凯旋、杨述等人。罗中立他们是大学生，比我们大三

庞茂琨
抱貂的女人
80cm × 65cm
布面油画
2017
图/庞茂琨工作室提供

年。在他们眼里我们都是附中的小弟弟。后来我们画水粉、画静物太熟练了，他们就说，太能画了这帮小孩！”

1982年，庞茂琨读大二时，全班逃课去北京中国美术馆看“哈默藏画五百年原作展”。“那个时候动力很足，因为是原作。”这是第一次，他看到了文艺复兴时期的素描，看到了鲁本斯和伦勃朗，看到了拉斐尔前派和印象派。

原作在十九岁的庞茂琨心中引起的震动，就如《天龙八部》中段誉初见神仙姐姐李沧海的石像，“由爱生敬，由敬成痴”，一下就找到自己要追求的东西了。跟西方古典比起来，苏派对他而言不过是中年美妇王夫人或端庄中带稚气的王语嫣。

庞茂琨迷上了西方古典。

他的成名作叫《苹果熟了》。1983年4月去凉山采风，5月开始构思，11月才画完。“那张脸不是拿张好照片照着画的，是不断尝试着编造出来的。一会儿表情不对了，一会儿色彩不对了，一会儿肌理又不对了，反正各种不对，就全部刮掉或是盖掉。经历了七八张脸才有了最后那张脸。”

从这幅画开始，庞茂琨明白了什么是绘画的“对了”——想对了就能画对了。虽然这张画的主角是彝族老妇人，批评家邵大箴却从中读出了黄金分割、金字塔形和平面效果，感受到了绘画性和古典写实的味道。

1984年春天，这件作品参加了四川美院在中国美术馆举办的作品展，画作和他撰写的创作谈还刊登在了《美术》月刊上，庞茂琨一夜走红。

“当时感觉就叫成功了嘛。每天都要去收一堆信，还要老老实实一封一封地回。”

当时他只有二十一岁，如果搁在现在，还是玩《王者荣耀》的年纪，所以很快他就对成人世界里的追星游戏有点抵触了，想要逃掉。

当 '85新潮在全国各地热闹起来，川美相对沉寂了。罗中立、程丛林、高小华等人都出国了。庞茂琨所在的川美81级也随大流，跟着搞现代主义，走的完全是表现的、象征的、超现实的路。

而当时正在读研究生的庞茂琨，经过一次新疆之行，却想起了拉斐尔。“课堂写生开始用那种风格来画，后来创作了《戈壁的启示》《涉水的维吾尔》，其实就改变了。”

1988年，庞茂琨研究生毕业创作又回到了凉山，画了《扬》和《捻》。但这一次给他带队的不是高小华，是拉斐尔前派。

“经过 '85新潮，我个人反而对欧洲更早的传统感兴趣，当时其实也是一种逆反，觉得大都在模仿现代主义的东西，我还不如回到绘画的最开端。”

3
他为什么喜欢画女性？

古典向的庞茂琨，从来不喜欢那些太狠、太刺激的东

14:00

庞茂琨

委拉斯贵兹的客厅

180cm × 280cm

布面油画

2017

图/庞茂琨工作室提供

西。但是也不喜欢一成不变的感觉，因为那样的话，画画这件事对他而言就不再是享受了。所以每隔一段时间，他就要变一变。

1997年之前，艺术界都认为他是一个定型的学院派、古典主义者，与杨飞云一南一北遥相呼应。但他突然做了“触摸”系列，开始变了——幽蓝发光的身体局部，反映的是近观鲁本斯肉香四溢的大画后的心理体验。

2001年，他又受满街灯箱广告的启发，开始画抽象空间里漂浮着的人和物——“虚拟时光”系列。2005年的“游离者”系列中的另类形象，则脱胎自日本原宿街头冲击了他审美的二次元时尚女孩。

2010年，中国进入互联网时代，网民数量达到4.57亿。庞茂琨开始从网上搜集素材，创作了“巧合”系列，将定格的摔跤、柔术和杂技表演，像静物一样陈列在舞台上，用超现实景观验证着艺术与现实若即若离的关系。

2013年，他在中国美术馆举办个展“浮世·游观”，展出“游观”系列和“镜花缘”系列。2015年，又在今日美术馆举办个展“迷宫”，铺开了新作《镜像》。由镜入手，庞茂琨又逐渐回归到古典。

庞茂琨喜欢画女性。他说，那是因为女性对他来说有一种神秘的东西，有一种神性。“女人的各种表情、情绪、动态，进入画面后我就觉得很自然。你要弄一个男的进画面，总觉得它不成立。”

生长在重庆，中国美女密度最高的城市，庞茂琨见过太多漂亮女孩。“从小就在这长大，重庆女人给我们的印

象就是性格里男性化的一面多，不能惹，一惹就发脾气。还有就是沙嗓子多，一说话就完全没有女性的温柔。但是要走在街上只看形象的话，重庆美女确实比其他城市要多。男人普遍也是这样的个性，搭配得比较好。”

庞茂琨画女性经常不是直接写生，而是加入了想象和改编。这些年他画学生多一些，但基本是先组织拍照再来挑图。因为需要模特调整到最佳神态，写生的话，那种东西可能还没来得及画就一闪而过了。

“每个时代的审美观不一样，艺术家可能还是喜欢有个性的美女。女明星们肯定也可以画，但是现在我眼睛一闭，她们的形象基本上就是化了浓妆的样子。她们大多是标准的美女，可以画，只是要想画得更深入一点的话，浓妆不太适合。但是她们要是不化浓妆，感觉又一般。”

4

他为什么在中国迷恋西方古典?

庞茂琨一直以古典大师为师为友，他喜爱鲁本斯、委拉斯贵兹，最为倾心的还是伦勃朗，因其作品中有一种巴洛克式的神秘忧郁。但是直接挪用大师的画，是他2017年年初开始的新尝试。在新作中，他与委拉斯贵兹的教皇英诺森十世同席而坐，让女儿与格列柯的基督仰望同一片天空，为抱貂的切奇莉亚披上皮衣。

这个系列第一批七张画，2017年5月在北京艺琅国际的小型个展上亮相，被策展人黄笃认为是一种后现代主义方法论，找到了图像谱系和当代语言的交汇界面。

“我到欧洲去，当代艺术不是看得很认真，最迷恋的还是古典绘画。但是从90年代后期开始，我就一直在逃离它。因为到国外去看，古典绘画确实是很遥远的东西了，大家都已经离弃它，不愿再重复了。但是逃到现在，一看到这些作品，我心里还是会很激动。今年突然有一种想法，就是为什么要逃避它呢？应该进入它，而不应该离开它。”

挪用古典绘画时，大多数艺术家的做法是以自我风格样式去重画某个题材。而庞茂琨的做法是，直接钻进古典绘画的外壳，去参与它、融入它。他为北京的个展取名叫“折叠的肖像”，折叠，指的就是时间的错置。当年发生的事情，在当下这个时间又再次发生了，里头有他的痕迹，作为穿越时空的对话。

“我到底是谁？我为什么在中国迷恋西方古典？”庞茂琨要用这组作品说清这个问题。

其实，面对达·芬奇、卡拉瓦乔和扬·凡·艾克，他画的仍是自己的作品。古典绘画关乎气息和格调，并不是画得越细越好。庞茂琨的长处，就在于他能把握好那个调调。技术、速度、气质都是他独有的，如果不懂绘画，你会觉得太像了；如果你还能画两下子，又会觉得怎么完全不一样。

2017年8月2日，庞茂琨从下午2点画起，到晚上10点钟步行街打烊、音响偃旗息鼓时，他已经完成了两张肖像：一张是临摹格列柯的《悲伤的圣母》，一张是直接画的女儿的肖像。他为什么能画得这么快？因为每一笔都不啰嗦，去了就是那个效果。

色彩怎么处理、边线怎么处理、形体特征怎么抓，这些对他来说都不用专门去想了，潜意识里就知道怎么做。正因为有这样的能力打底，他才有勇气去折叠大师的肖像。●

庞茂琨
阅读者
120cm × 160cm
布面油画
2017
图/庞茂琨工作室提供

1

2

4

5

7

8

10

11

13

14

清单 中国写实画家Top30

经典派：

1. 全山石
2. 靳尚谊
3. 陈衍宁
4. 徐芒耀

唯美派：

5. 陈逸飞
6. 艾轩
7. 何多苓
8. 杨飞云
9. 王沂东
10. 郭润文
11. 夏星
12. 王玉琦
13. 李晓林
14. 彭斯

景观派：

15. 陈丹青
16. 程丛林
17. 高小华
18. 朝戈
19. 忻东旺
20. 冷军
21. 常青
22. 石良
23. 何红舟
24. 崔小冬

观念派：

25. 刘小东
26. 毛焰
27. 庞茂琨
28. 石冲
29. 王华祥
30. 刘溢

3

6

9

12

15

16

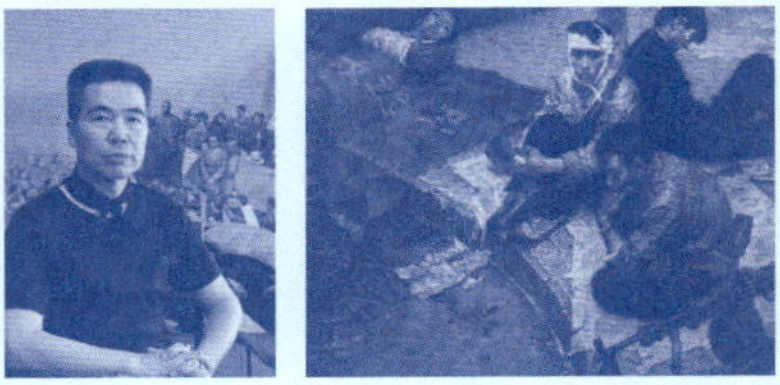
17

19

20

22

23

25

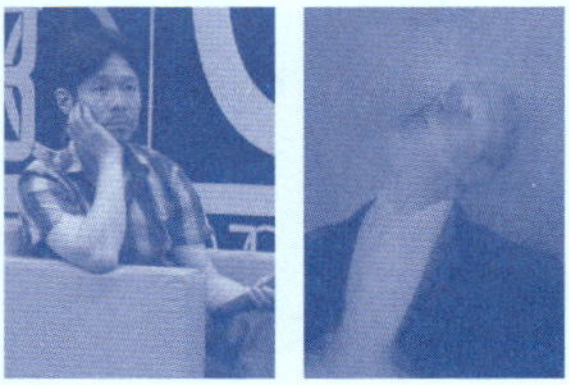
26

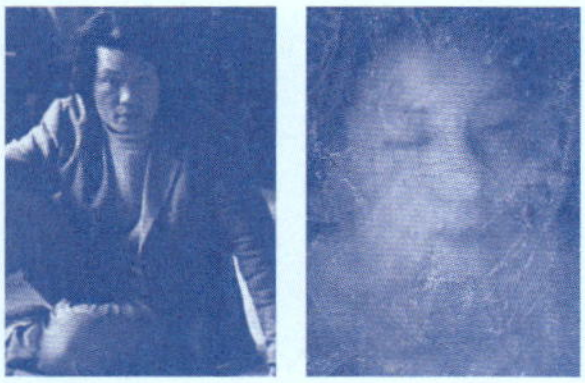
28

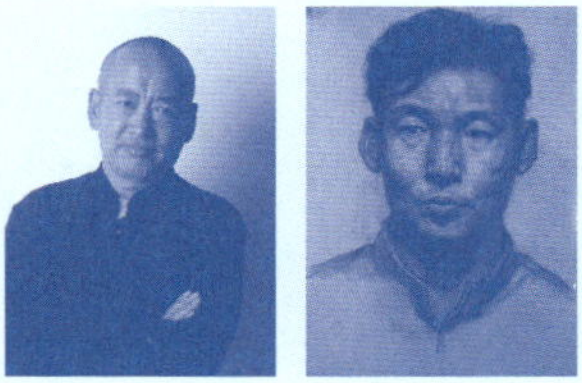
29

18

21

24

27

30

15:00

北京佩斯画廊

隋建国
手迹
高300cm
铸青铜
2016
图/隋建国工作室提供

文青把回顾展挤爆了

2012年3月3日下午3点，天很冷，但798艺术区太热闹了。热气腾腾的人群从画廊一直流到广场和马路上，每一个走进798的人都醉倒在一种由艺术营造的热烈气氛之中。

这一天，隋建国是798的绝对主角。佩斯北京以往显得空荡的大厅像舞池一样拥挤，隋建国站在正中，迎宾、握手、合影。“艺术家一下子被推到了前台，没想到有那么多人。”

这个回顾展是隋建国签约佩斯后的首个展览。如果展厅里没有这么多亲朋好友和观众，那面对钢筋箍住的石块、十二个面目模糊的石膏头像、扎满钉子的胶皮等作品，观众的感觉应该是沉重的。

“我希望观众首先被视觉打动，被现场氛围所感染，有兴趣去看看这个作品用什么做的，怎么做的，费了多少劲。希望他关心这个作品到底多高多宽，什么时期做的，花了多少时间。如果这个印象能调动他去了解这个艺术家是怎么样自始至终工作过来的，那就更好了。”

作为中央美院雕塑系主任，隋建国同时也是炙手可热的当代艺术家。他的《中山装》，和王广义的《大批判》、张晓刚的《大家庭》、方力钧的“光头”同被视为中国当代艺术的标志性作品。

展厅里，五米高的新作《盲人肖像》像一个无法下咽的悲剧般矗立在一角。“这件作品开始没有命名。我闭上眼睛捏这个东西，就是怕学院的雕塑训练使我捏出什么人样和动物样来。我想屏蔽掉知识，让身体自然流露。不过由于人的眼睛有一种完型能力，最后我还是觉得它看着真像一个盲人，就取了这个名字。”

2017年3月，798佩斯北京，隋建国个展“肉身成道”现场
图/隋建国工作室提供

1
“有人说艺术应该是四两拨千斤，但我永远是千斤拨四两”

因为佩斯的回顾展，原先堆满工作室内外的作品几乎都搬到了798，屋子空旷了许多，但隋建国的心思却片刻都没有离开创作。傍晚离开车间前，他已经走到门口了，又折回《时间的形状》旁，细心地给蓝色油漆桶蒙上塑料薄膜，再盖严盖子。

一小时后，他出现在“艺术权力榜”论坛上，和一掷千金的女收藏家、倜傥多金的油画家、能言善辩的批评家、风格严谨的美术馆馆长聚集在一块。在这个城市的这个时代，他已是艺术圈的核心人物。

隋建国工作室在顺义后沙峪（2017年搬至T3国际艺术区）。随着地产开发的迫近，后沙峪成了城乡结合部与高级住宅区混合的地带，他冷灰色的工作室是其中的一个例外。2006年搬来之后，隋建国大部分时间都在这个一千三百平方米、工作室与家融为一体的地方度过。

每天清晨，他从家里出来，很少去院子里活动，而是直接走左手边的后门进入办公室。要看的书、要办的事都在办公室里搞定。

通天书架是满满的，一般人一定会扔掉的杂志，他也积攒了好几年，按期数整齐地摆好。20世纪80年代风靡一时的《走向未来》丛书已经被挪到不显眼的位置，他指着书架上略高过眼睛的一格说：“如果80年代能看到沈语冰他们翻译的这些现代艺术著作就不得了了。”

车间在办公室隔壁，这天只开了一扇小门。住家的部分隋建国请设计师专门设计过，而车间则极尽简朴。仅仅看车间里的工具架、文件柜、机械装置和工作台等，你可以说这是一个雕塑家的空间，也可以说这是一个八级钳工的地盘。

车间最里头放着两个被带子缚住的、一人高的大铁球，铁球带有电动装置，可以自己向前滚动。隋建国曾设想这次在佩斯的展览现场展示它，请一个演踩球杂技的小姑娘在上面走。车间总能激发他的奇思妙想。

还留在工作室的雕塑整齐地归置在阁楼上，有《中山装》，“衣纹研究”里的《掷铁饼者》《垂死的奴隶》《被缚的奴隶》，还有《大卫像》《毛泽东像》，以及一些叫不出名字的作品，像一支潜伏的预备役部队。

即使是阴天，大量的光依然透过天窗落在它们身上。隋建国说，别的房间已经暗下去时，车间还很明亮，就是这样的光线让他从早到晚地工作。

一年约有三百天，隋建国都在工作室度过。当他一个人留在车间里，只有雕塑和工具跟他做伴的时候，他感到那是一天中最美好的时光。“我总是喜欢那些比较重、比较难弄的材料。有人说艺术应该是四两拨千斤，但我永远是千斤拨四两。”

2
“由于对时间敏感了，我做了几件跟时间相关的作品”

“恢复大学后我选择搞雕塑，就是因为手感比较好。我觉得我选对了，当然是干上了一件特别劳累的工作，但确实是我的强项。”

1994年，隋建国做《封闭的记忆》，在铁箱子里装上石头。“当时是一种愤怒，因为很多事不让谈，就像没发生一样。我告诉你里面有块石头，但是你看不见，那么你信还是不信？”

《被限制的动力》也是一个铁箱子，里面有个球，不停撞击时就叫《被限制的动力》，不撞时就叫《沉寂》。“箱子里的球有很大的能力，但留观察孔你也看不见，这是黑暗当中的力量。”他说道。

每一件作品，隋建国大概要做五六年，不停地调整。“作品是不可能做到完美的，别人不一定知道，但你自己心里很清楚。”

隋建国希望拥有那种能力，随便拿到什么，就能把它变成艺术品。他形容正在北京展出的英国雕塑家托尼·克拉格像西域来的八尺头陀：“他有飞轮，能把特别高级的武器玩得天花乱坠，但他只有这么一个兵器。我的理想是给我一个木棍我也能把它用得比一把剑还好，就像独孤求败，没有武器，剑气也能杀人。”

五十岁这年，隋建国在工作室挖地窖的时候挖出一个头骨来，他说道："这个头骨是来招呼我的，我特意把这个头骨铸了铅留下来。之前老觉得未来很远，只管往前奔，现在想随时可以完蛋。由于对时间敏感了，我做了几件跟时间相关的作品。有那么一两件还迫使我不能马上完蛋，给自己制造了很多负担。"

《时间的形状》可能是其中最重的负担。2006年12月25日，隋建国开始将一根钢丝每天在油漆里蘸一下。在佩斯展出的《时间的形状》，是这件作品蘸到第1893天的模型。原件还在隋建国的工作室里藏着，有生之年他不会让这件作品离开自己身边。

"这个球很小的时候，球面弧度大，油漆沾得多。现在越来越大，弧度小了，油漆就蘸得越来越薄了。当时蘸得多的时候，测算下来一个星期直径要增长2.5毫米。按照这个方法算，球现在应该是直径1米，但其实才22厘米。当时真怕它三十年变成直径3米，未来的年轻人会耻笑当年有我这么一个艺术家，怎么活得这么长！如果这个球的直径在1米左右，他们可能会像同情梵高似的同情我，幸亏现在看起来进展没那么快。"

3

"探索最原始的材料和最新的科技手段的结合"

《时间的形状》是隋建国雕塑生涯的一个节点，从此之后，他强调身体对材料的工作就是雕塑，更在意视觉涉及不到的东西。"因为视觉太敏感了，所以它很容易被规

2017年12月，北京民生现代美术馆
“对流——中巴当代艺术展”现场
盲者系列
铸青铜
图/隋建国工作室提供

隋建国

手迹（巨人系列之二）

500cm × 165cm × 192cm

3D打印光敏树脂喷漆

2018

图/隋建国工作室提供

训。适当地控制视觉或反视觉，知觉就出来了。”

2008年，隋建国创作了《盲人肖像》。他蒙住双眼，任意捏制黏土使其成型，再将之放大成5米左右的巨型青铜雕塑。2014年11月，四座《盲人肖像》被安放在纽约中央公园费德曼广场，这也是中国雕塑家作品首次在中央公园亮相。艺评人布莱克·高普尼克写道：“隋的纪念碑同时也是关于‘艺术家之手’的，这在西方极为重要：一位雕塑家的小指印，在此转化为对浪漫主义天才罗丹的触摸的戏仿。用数字技术放大货真价实的手工痕迹，意味着作品中蕴含了些许21世纪式的反讽。”

而他在2015年推出的新作《引力场》，是在材料上的一次大胆尝试。长17米、宽8米、高5.4米的巨型黑色装置由石膏混合脚手架浇筑而成，并覆盖以黑色织染染料，与之相配合的小型作品则用聚氨酯制成。石膏与聚氨酯都是廉价材料，隋建国20世纪90年代制作《地罣》《殛》等作品使用的石头、钢筋、胶皮也是如此，他把这些普通的材料变成了精神的对象。

2017年3月，隋建国举办个展“肉身成道”，展出2016年至2017年创作的最新作品。这一次，他用高精密度3D扫描技术精确捕捉一捏一握而成的泥稿上的手纹细节，随后用光敏数字技术打印成树脂还原出来，并翻制成青铜雕塑。如此形成的“纪念碑”，既具有现代性气质，又揭示了雕塑的身体性本质。

通过“探索最原始的材料和最新的科技手段的结合”，隋建国将雕塑创作推入了全新的阶段。●

1

2

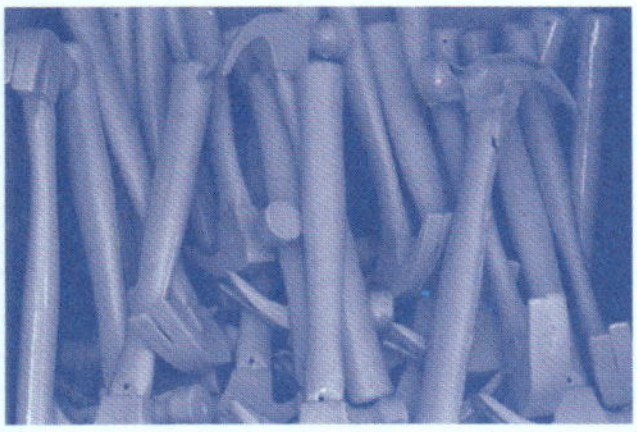
3

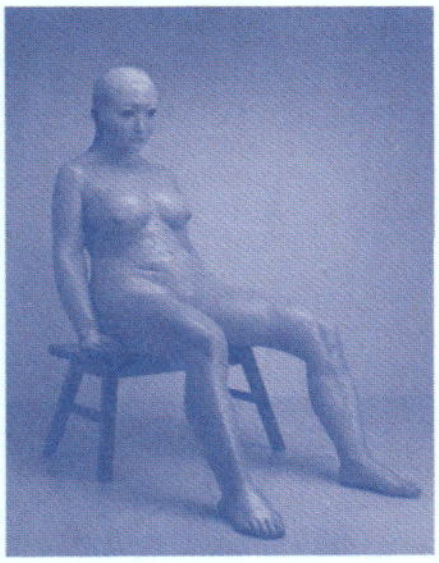
4

5

6

7

8

清单 十件必看的中国当代雕塑

9

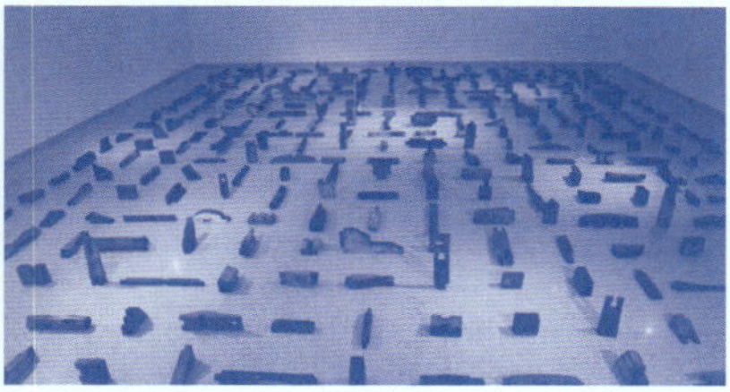
10

1. 张永见《窃笑》(1993)
2. 展望《假山石》(1995)
3. 刘建华《日常・易碎》(2003)
4. 向京《你的身体》(2005)
5. 隋建国《盲人肖像》(2008)
6. 李占洋《“租”——收租院》(2008)
7. 焦兴涛《口香糖》(2008)
8. 姜杰《大于一吨半》(2014)
9. 梁硕《女娲创业园》(2014)
10. 傅中望《大木作》(2015)

16:00

重庆黄桷坪

陈安健

茶馆系列·温水瓶

161cm × 117.5cm

布面油画

2013

图/了了艺术传播机构提供

茶客做模特

重庆是陈安健的故乡、此地和归宿，交通茶馆是他生活的底座。

2017年6月9日下午4点，陈安健如常出现在黄桷坪的交通茶馆。十余年来，只要天上出太阳，他就会来这里。傍晚眼看要下雨，破旧的茶馆里光线昏暗，下象棋的、打长牌的、摆龙门阵的茶客正在兴头上，大声讲大声笑。茶馆正中的天井坐着一对小情侣，男孩正在给女孩拍照。

陈安健面前的方桌上摆着新沏的沱茶，但他来这并非为了喝茶，他一边端着手机东拍拍西拍拍，一边跟老茶客有一搭没一搭地聊天，满口重庆话像爆豆子一样。

十余年，6935次相处，很多事陈安健早忘了，但在此的每一个时刻对他都有决定性的意义。就是在这个地方，他发现了重庆的心脏，他明白这座城市不只是他赖以生存的地方，还是他唯一认识的世界，有他必须一画再画的面孔。

1

交通茶馆不是一个建筑，是一个违章建筑

生在重庆，长在重庆，活在重庆，但每次坐车在山城层层叠叠的路与桥之间穿行时，陈安健还是会忍不住赞叹："那么多层次，太美了！"这里是一座桥梁环绕的山城，水路直达长江八省两市；这里是中国人口密度最大的地方，2015年常住人口已经突破三千万；这里也是一座从底层长起来的大城市，是小人物的沃土。

问陈安健重庆好在哪里，他说："首先我是土生土长，自然就觉得它好。有山、有水、有桥，坐车在重庆钻过去钻过来，感觉很有味道。而且重庆人说话比较大声，直来直去。"

又问他重庆有哪里不好，他说："不好的地方就是稍微脏了点，文明程度差一点，说话脏字带得稍微多了点。"

陈安健为解放碑的霓虹闪烁自豪，为朝天门的三江交汇自豪，为南山顶上的暮色四合自豪，也为黄桷坪的脏乱差自豪。他用眼睛观察，用相机拍摄，全身心地浸泡在山城生活里。他的画本质上不是构思的结果，而是生活的结果。他最好那样画，也只能那样画。

"我是一个典型的茶客。"陈安健生于1959年，在川美77级同学里属于"小弟娃"。他在渝中区七星岗长大，一直到读完高中，后来在社会上耍了一年。1977年恢复高

考，他考进四川美术学院，就一直在黄桷坪待着了。除了大学毕业后在涪陵地区艺术馆工作了四年，陈安健一辈子没有离开过重庆，户口现在都还在渝中区。

黄桷坪是一个混杂的地方。周边都是农村，因此有菜农；50年代建起了电厂，搬来了交通运输公司，因此有工人；再加上电力学校、四川美院的师生，农民、工人、知识分子、学生，还有后来的棒棒，不同身份的人都可以在交通茶馆坐下来。这里最低消费两元五角，唯一的门槛是你会不会说重庆话。

交通茶馆不是一个建筑，是一个违章建筑。“里头是宿舍，外头是旅社，在中间空的坝子上搭一个棚子，就是现在的茶馆。这里没有房产证，属于不合理但合情的违章建筑。”陈安健说。

他与交通茶馆结缘，要从1999年说起。那年他四十岁，开始画交通茶馆。他形容这个开始是“水到渠成”，“反正一进去就想画了”。

2004年，茶馆经营状况不好，交通运输公司的领导觉得不是办法，就想把茶馆包给摆烟摊的马三搞网吧。后来马三开洗脚城去了，茶馆被陈安健承包了下来。“这个房屋结构开网吧不协调，太透气了，开空调都开不起。”他说道。

茶馆老板也想过装空调，但陈安健觉得不好：“一是制冷效果肯定不是很好，二是打光胴胴（赤膊）是茶馆的一个特点。凉快了，茶客把衣服穿起来了，打光胴胴的就不在了。”

陈安健不经营茶馆，也不参与分红。他承包茶馆，是让经营者减轻负担，是对黄桷坪一个文化符号的保护，也是想有个艺术踩点的基地。“不管是谁接手这个茶馆，要是全付租金的话，肯定会亏本。所以我出一半的租金，另外漏雨、换电线、换电扇，还有杂七杂八的一些修补，也都是我出钱。”

2004年，陈安健每个月的承包费是一千五百元；2017年，涨到了一千六百二十五元。“我还有几个节要给员工红包，譬如三八妇女节、六一儿童节、国庆、春节等。也不太多，一般是几百块钱。”每年春节前，陈安健还要请所有茶客在外面吃一顿饭，“一百多人，热闹得很，去吃火锅”。

在交通茶馆，陈安健既是组织者，也是闯入者：“我有时还是要打扰他们，让他们挪下位置啥的。万一别人正在打牌，就会说正在赚钱被我喊起走了。但关系到位就都不存在了。”

交通茶馆一般早上6点多开始来人，最热闹是上午10点，中午很多人去吃饭了会空一点，下午3点钟又热闹起来，到晚上8点左右就基本没人了。一杯沱茶两元五角，一杯花茶五元，最贵的竹叶青十五元一杯。茶馆自家过滤的纯水无限量供应，但没茶点卖。不过隔壁餐馆在墙上开了一个小方洞，随时做茶客生意，也因为这个小方洞，一到饭点茶馆里就弥漫着油烟味，提醒你该去吃饭了。

陈安健

茶馆系列·制空权

40cm × 29.5cm

布面油画

2012

图/了了艺术传播机构提供

2

市井之地，有“心”之人

陈安健最爱重庆的层次感，交通茶馆也是个有层次感的老茶馆。“这个茶馆跟其他茶馆不一样，它有层次、有结构。加上阳光、灯光一打，墙壁斑驳的岁月感就出来了。这些砖墙里有茶客的汗气、蒸气、油气，啥子气都在里头。”

陈安健的画面常常有一种过曝的感觉，那是因为他喜欢在天井里搞创作。“这个地方原先是个唱戏的舞台，画了一段时间我就习惯在这搭台、取景。”有时他早早来到茶馆，一下窜到这家，一下窜到那家，那就说明他构思好了一个场景，在找模特了。

陈安健摆布着模特，教他们做出各种有些古怪的姿势，而他自己就忙着从这边拍过去，又从那边拍过来。对他来说，拍照就是画草图，组合照片就是修改草图，这个过程可以很顺利，也可能极其漫长，加上使用照相写实的技法，小画一年最多可以完成二十张，大作品就更少了。画了十九年，“茶馆”系列只有不到二百件作品。但这些作品，几乎可以说件件都很重庆。

“我来这里工作又有距离又没有距离，我是靠自身的阅历来体会这个茶馆的。任何人提着手机或相机都可以在这里拍很好的照片，但要真正理解茶馆、理解重庆是很难的。”

茶馆里三教九流都有，陈安健就从他最熟悉的老茶客画起，至今仍在画的也是这些本地人。供他翻来覆去地画的，大概有十来个固定的模特。某种程度上，这十几个茶客成了他的符号。这些人的面孔和人生，都被陈安健细细描绘进了“茶馆”系列。虽然他们摆出的是陈安健教给的姿势，但演的却是地地道道的自己——老了、病了、失败了依然热爱生活的人。

跟陈安健关系最好的模特是范家强，只比他大一两岁，2017年春节期间走了。“他可能本身有点病，吃保健品吃复杂了。”范大爷是铁路工会搞美工的，包里长期放着一个证书，是他父亲当年读老年大学的证书，随时拿出来展现他的荣耀。他还经常拿些稀奇古怪的小玩意来，说是古董或高科技。“范大爷的半导体还在我那里。”陈安健说。

吴达贵七十三岁，陈安健画了多久，他就做了多久模特，很多画上都有他。他住在九龙坡，1998年退休前就常来交通茶馆，一个月起码有二十多天在这里待着。周隆光六十一岁，陈安健也画了他五六年。他住在大黄路，六七年来，他每天走两个小时到交通茶馆来喝茶，晒得皮肤黝黑。“我是为了锻炼身体，我得了脑梗塞。”他说。

“六年前我觉得这个地方好的时候，6点半起床，7点过一点就到这里了。喝到中午12点回去吃饭，下午又喝茶喝到6点钟。不熟的时候喝茶，熟了以后就打打麻将。认识的人多了以后，看见人你就可以有共同话题，几句话就可以解决很多问题。”邓琴是陈安健的女模特，这段时间认识了新朋友，去别处打麻将了。但如果陈安健喊她，她还是会马上就来，“这里的人每天都要来，比回家还准时。现在这里（重庆）也差不多跟外地一样关门闭户了，在茶馆大家还能互相走动。臭味相投的，始终都会坐在一起”。

画中人进入又离去，生老病死从他们身上划过，骗局划过，保健品划过，豆花饭划过，重庆蒸笼一般的夏天也划过。他们几乎是被动地承受着时间的雕刻，只有陈安健在一旁奋笔疾画。他画出了他也看不清、说不清的东西——市井之地的真相、日常生活的史诗。

3

他把交通茶馆当成唯一的题材、创作的核心

茶馆本来就是重庆日常生活的一部分。陈安健说：“我小时候上街，街旁边就有个大茶馆。重庆到处都是面摊，到处都是茶馆。当时我们受苏联创作思路的影响，要抓典型题材，要有宣传目的地画，很生活化的东西往往被忽略了。”

原来川美的老师和学生也常来画茶馆，那是练习手上功夫。现在也有人来画茶馆，那是当成猎奇。但陈安健把它当成唯一的题材、创作的核心，那就是另外一码事了。

“之前我受王洛宾《在那遥远的地方》的影响，远香近臭，所以也去画藏民、去画彝族。那些东西虽然打动

你，但实际上它是标配。”

20世纪80年代的少数民族题材热，既是由于民族风情的吸引，也是因为市场对少数民族题材感兴趣。至于这条线索为何式微，陈安健说：“一方面画家进不到彝族或藏族真正的生活中去，都是打望式地看那些很自然形成的画面；另一方面，当时刚刚改革开放，对外界的了解太少，只要你画得好大家都看得到。现在不管画啥子，要想像原来那样有轰动效应确实还蛮难。”

画彝族、藏族或川西风景，陈安健都画得下去，但他还是想有一个独属于自己的形象。1999年开始画茶馆时，他是看到什么画什么；大概画了两三年后，他开始捕捉社会事件在老茶馆里激起的涟漪；到了2004年左右，陈安健的画面又变成了“用四方桌讲天下事”，其中有戏谑，有调侃，有重庆的码头文化和江湖智慧；2009年以后，他干脆变身导演，指挥模特直接表现社会热点；而近期，他的画面中又开始出现超现实主义元素，使茶馆也魔幻了起来。

为了丰富画面，他也画闯入茶馆的帅哥和美女，去找不同人物组合在一起形成反差感。本来很违和的东西，在陈安健的作品里却和谐共处，或者说，在茶馆里和谐共处。“因为茶馆就是个包罗万象的场所，什么都可以做，什么都可以画进去。”

陈安健说：“照相写实有个说法，你把照片拍好了，画面就成功了一半。但是拍了马上就拿去画，这种多半不太成功，特别是画大画。”陈安健是用照片作为素材，但

16:00

陈安健

茶馆系列·太阳升

121.5cm × 102.5cm

布面油画

2012

图/了了艺术传播机构提供

不是画照片。用他的话说，构思的过程是照片的PK（对决）——无数次地拍，无数次地补拍，无数次地组合，最后慢慢地弄成一个满意的画面，再放大，画下来，“只要能够画下来就是稳稳当当的”。

他用照相写实画老茶客，有时候也写点生，但是不多。在当代艺术的语境下，陈安健的题材和工作方法看起来有点“土”。如陈丹青所言，正是这份“土”，确保他成为一个无可救药的地方画家。重庆之于陈安健，正如代尔夫特之于维米尔，巴比松之于米勒，恰兹佛德镇和库辛镇之于怀斯。

陈安健说：“我出国少，就到过英国和法国。我不太喜欢旅游，主要是吃不得他们的东西，不习惯那个口味。那时去法国幸好还有川菜。”

4
是什么让一个老茶馆成为重庆的时髦地点？

毕业三十五年，陈安健的同学和朋友散落天涯。程丛林在德国和成都两地穿梭，张晓刚去了北京，杨千去了美国又回来，叶永青像候鸟一样到处飞。只有他，哪儿也不去，哪儿也不想去，每天到交通茶馆报到。

“有时来看下、观察下生活，有时来喝点茶，重要的是来看看有没有安全隐患。一出了事就麻烦了，当然茶馆要负责任，但都不是愉快的事情。所以尽量让茶客在这安

我的父亲
王洛宾

安全全地喝茶，不要有啥子麻烦，这个是我们要做的服务工作。虽然我是画画的，但是毕竟我承包了茶馆，要对这些茶客有责任心。”陈安健念叨着。

城市化撕裂了人群——孩子去了网吧，中年人去了麻将馆，留在茶馆的大多数是老年人了。然而对于重庆人来说，茶馆仍是承载着回忆且无法舍弃的公共空间和生活方式。

逯长江1994年毕业于川美，是陈安健的学生，现在也像他一样在黄桷坪有工作室。白天他有时外出工作，回来后就待在茶馆。“读书的时候我就老来，这个地方没变，有陈老师在这维护，还是三十年前的感觉。”

近几年，陈安健作品和故事的亮相，让人们又注意到了交通茶馆和老重庆的生活方式。媒体、自媒体的到场与传播，让交通茶馆从川美地标变成重庆地标，以破旧的面貌担当起时髦的任务，每天来体验、拍照的年轻人络绎不绝。

陈安健说：“游客来个把小时就走了，对我没有多大影响。但是我收集素材的时候他们有点干扰我，因为也跟着拍。所以我尽量中午来，中午客人少一点。”

2017年6月底，“二更视频”为交通茶馆拍摄了一条视频，是请陈安健配的音。看过视频的重庆人在下面评论说：“这个人重庆话说得很普通，像《雾都夜话》的开场白。”

其实陈安健的重庆话是最地道的，但他尽量放慢语速，把重庆话说得“普通”一点，是为了让非重庆人也听得明白。他在努力调整自己，适应新事物。

“年轻人穿插进来成为一道亮丽的风景，造成一种生动的效果，视觉不疲劳。”陈安健说，“茶馆本来就是一个很时尚的场所。”●

陈安健
茶馆系列
40cm × 29cm
布面油画
2013
图/了了艺术传播机构提供

1

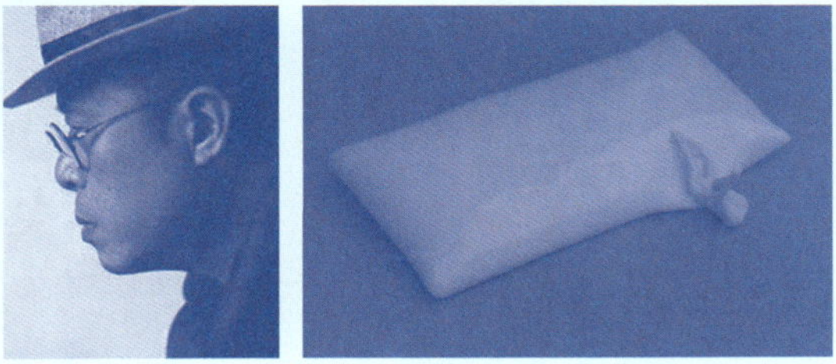
2

3

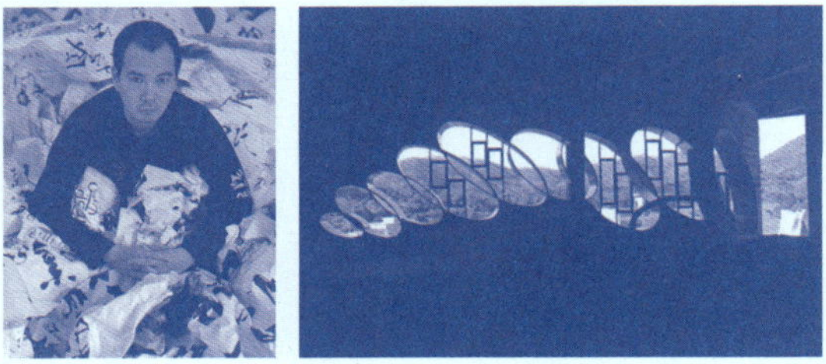
4

1. 梁绍基（1945— ）

坐标：浙江台州

1988年，他开始以蚕的生命历程为媒介创作《自然系列》。二十八年了，他一直在天台山山脚下的小镇养蚕，使其吐丝包缠冰冷沉重之物，或仅仅是令蚕食桑叶之声将自己包围。

谈到为什么用蚕丝做作品，他自述："象征生命的蚕丝柔弱欲断又似断非断，显示了顽强的生命意志、百折不挠的生命信念、以柔克刚的能耐及如绵绵蚕丝般永无止境地延伸的生命关联。"

2. 李玉端（1962— ）

坐标：江西景德镇

2005年9月28日，他第一次来景德镇就再没打算离开。做陶瓷雕塑的李玉端，在圆明园画家村漂过，开过饭店"三个贵州人"。目前每年仍然要去贵州大学讲一个月课，但现在景德镇是他的家。

"过去我一直处于一种没睡醒的状态。来到这以后，突然有种醒了的感觉。"

3. 靳勒（1966— ）

坐标：甘肃天水

他是甘肃天水市秦安县叶堡乡石节子村第一个大学生，2009年在村里创办了石节子美术馆，改变了村里十三户人家的生活。

"通过直接参与艺术创作，村民重新认识自我、认识环境。他们会发现外面的人对土墙更感兴趣，而不是砖墙。以前他们认为是垃圾、不值钱的东西，都被艺术家们转化成了作品。"

4. 郑国谷（1970— ）

坐标：广东阳江

阳江青年，因为创作了观念作品《阳江青年的越轨行为》而成为最著名的"阳江青年"。

"从2000年开始，我在阳江的郊区陆续购置了三万平方米的土地，并在那里建起一片园林，希望透过这个项目消解艺术与生活的边界。在建造过程中，我遭遇到赚钱、购买材料、购买土地使用权等各类问题，最后只能终止这个项目。开始的时候，项目以网络游戏《帝国时代》为名。现在我把它更名为'了园'，既代表'完结、结束'，也代表'明了'。"

17:00

深圳OCAT

2017年6月，王冬龄在杭州写了185根竹
摄影/陈旭江

杭州书法家在表演

竹林围着深圳人，深圳人围着他，上百观众围着他。

灰白的头发，他一身红衣红袜，准备写字。无纸，无墨。

孙女端着黄盆——上搁三支毛笔，侍立身后。也是身穿红衣。

T恤牛仔旗袍吊带裙短裤们挤了挤，几十部相机和手机举了起来。一支毛笔被拎了起来，往竹子身上写。

竹长五米，粗逾手臂，本是用来搭脚手架的好材料。写在竹上的不是墨，是捏油，一种农家自制涂料，和竹子一样来自浙江安吉县，入竹经年不褪。

从高处一路写下，腕力随竹形游走，横竖撇捺钩复挑，写的是中国古诗，每首都跟竹有关。

一千年来的诗，六年的竹，被七十二岁的书者写在一起。

闪光灯齐闪，人群中爆出叫好声，但没人念出字来。那字狂如张旭，草如怀素。

他从蹲势站起，走到另一根竹前，换笔，蘸油，再写。

从此，两百零一根孟宗竹，悬吊在OCAT（OCT当代艺术中心）深圳馆，让深圳人仰视其上的狂草乱书，九十二天。

他，是王冬龄，写最大汉字的那个中国人（在中国美术馆现场书写《老子·五千言》，近两百平方米，字大者有六七十厘米）。

1

只要力度够强，书法依然是艺术里的超级明星

2017年8月12日下午5点，王冬龄将OCAT深圳馆颇具工业感的展厅，转换成了“书”“竹”“游”三位一体的艺术现场。展厅A呈现了他写在二百零一根竹上的历代名家竹诗和写在透明亚克力板上的白色丙烯乱书；展厅B则有水墨抽象画小稿，以及艺术家依展墙量身创作的8.4m×5.5m的巨幅乱书，上书嵇康与阮籍的诗。

收藏家任天进说：“毛竹很危险，做得不好就很俗。”这一回，敢大胆挑战竹子的艺术家正是以写狂草乱书著名的王冬龄。他是书写能力很强的传统书法家、最早尝试现代水墨的人，近年来不拘一格，做了不少狂野的尝试。按照现在流行的说法，他就是书法界的freestyle（自由式的）大神，数十年临池练就的传统书法功底，使他的创作既自由又有自我风格。

他在OCAT深圳馆营造的“竹径”，虽然与西湖云栖坞的竹径以及王勃“参差向月”的竹径意境都颇为不同，但竟然意外地也呈现出了一种与自然相接的氛围。要知道这二百零一根毛竹可是上不着天下不着地被悬挂在工业化的厂房里，既不见艳阳，也吹不到海风。唯一与之亲密接触的，是王冬龄用捏油写满竹身的狂草乱书。可能正是这“黑离离”的笔迹，将王冬龄的“竹径”引至过去那个最雅致的时空。

策展人巫鸿认为这个展览是关于时间和空间的：字写在圆形的竹壁上，竹子悬挂在厂房里，咏竹诗来自《初学记》《艺文类聚》《古今图书集成》《中华竹韵》《历代名家竹诗新注》《广群芳谱》《古诗类苑》《唐诗类苑》《历代题画诗》等书籍，此刻都题在2011年生的孟宗竹上，挂在2017年夏日的OCAT深圳馆。

开幕那天现场人气爆棚，巫鸿觉得这样很难体会“竹径”的妙处，劝观众择日再来。比如在雨天单独造访，那样的竹间漫步可能会更具诗意。

这次深圳“竹径”展的观众以年轻人居多，他们对书法接触不多，却热烈地沉浸在王冬龄用飘洒如瀑的巨幅乱书所提示出的壮丽文字江山中。

王冬龄试图用狂草乱书打通书法和当代艺术之间的关节，而竹子的运用，又将过去的时空引入了这个发生在当代的展览。只要力度够强，书法依然是艺术里的超级明星。

2
书法的理想观众在哪里？

构成“竹径”的二百零一根孟宗竹，有两百根写满了狂草乱书，只有一根是方便识读的汉简。“毛竹那么粗糙，在上面写汉简体现不出那种劲道的感觉，写狂草乱书才能更好地与它配合。我知道字写在竹子上很难

17:00

2017年8月，OCAT深圳馆，
王冬龄的“竹径”
摄影/陈旭江

识读，但在选择的时候还是很认真的，把最经典的题竹诗全都用上了。每根竹上写一首，包括诗文、作者、题目、时间、名款。”

从2017年6月5日到24日，王冬龄埋头写了一百八十五根竹，剩下的十六根，是在深圳展厅与开幕现场完成的。竹上的狂草乱书，不求观众读懂，但求他们感受到其中的形式美。通过这种方式，他让日常与中国古典文化毫无瓜葛的中国人，向着那个遥远但一直清晰的传统迈了一步。虽然很多观众识读不了狂草乱书，但通过步入“竹径”，他们实际上还是走进了书法，走进了传统。

互联网、移动终端改变了阅读和书写，今天书法的观众在哪里？除了受过训练的专业观众，书法家还要不要普通观众？有些人就不要了，他们聚在特定的圈子里雅集、应酬。但王冬龄不忽视任何一位观众，他一直在努力，把书法的能量推到每个人面前，推到其他文化圈。

广西艺术学院教授唐楷之说：“王老师用巧妙的办法使书法在全世界生存。”2015年，王冬龄在从西伯利亚空运来的大木材上现场挥毫；2016年，他在太庙进行壁书展览、石板上水写；今年2月，他为杭州的亚洲最大苹果官方旗舰店创作了十五米高、三十三米宽的户外公共艺术；本次展览，他又在竹上以捏油写诗。

王冬龄希望书法走进当代生活，又希望书法成为能让全世界更多人感受到的东西。他说：“我在美国四年，西方人对中国的武术、餐饮、哲学如获至宝。书法是中国最了不起的东西，我公开写字，就是希望书法能够进入更多人的内心世界。”

他的理想观众，不仅仅是中国人，而且是包括西方人在内的所有人。作为中国最早教授欧美留学生书法的老师，王冬龄认为西方人不仅能够理解书法，也能学好书法。

“凡是比较先进国家来的学生，一般都有很好的音乐修养、哲学修养，这些虽然不像中国的文史哲跟书法的关系那么直接，但同样有用。他们一接触书法，笔性的感觉是很好的。我曾经把一个德国留学生写的颇具《泰山金刚经》味道的作品拿给陆俨少看，陆俨少觉得写得好。”

进入书法有很多路径，王冬龄为深圳的观众开辟了一条“竹径”。如果你跟上了他，就会豁然开朗。比如，原来学书法并非都要先学楷书，大人因为具备了足够的阅历和修养，也可以先从行草开始。书法创作的核心，不是间架结构之美，而是自由气度之美。

3 七十而从心所欲不逾矩

“今天我们随处都可以看到竹，但是这些竹和过去的竹是不一样的。”王冬龄还记得小时候临摹《芥子园画谱》、画毛竹、抄咏竹诗的事。在他的概念里，竹象征着清雅和高风亮节，而且其生命力极强。最令他感动的竹文本是范景中赠予的《中华竹韵》，当时范在病中，在写竹的过程中，灌注了自己对艺术、文学、情感、生死的体悟。“我做‘竹径’这件作品，也是一种很直接的情感投入和诉说。”

不过，王冬龄的生命状态是恣意的，这种气质在书写嵇康与阮籍诗的巨幅乱书中淋漓尽致地表现了出来。“书法本身就是一种独特的语言，乱书是我找到的自己的语言，把我的优势充分发挥了出来。抽象之后，观众对线条的欣赏更加纯粹，空间的叠加更加强烈，书法更加具有狂草精神。”

王冬龄近年来的创作近乎狂野。他自谦“才情中等，生活智慧有过人处”，只是“优秀书手而已”。其实如今年逾古稀的他，已经由乱而治，进入了书法家的黄金时期。“我已经到这个年龄，对人生、对生死、对艺术都有一个理解。我不需要去耍小聪明，去哗众取宠，一切都可以放下。我现在是七十而从心所欲不逾矩。”

一方面，他每天还坚持传统书法的日课。临得比较多的是《龙藏寺碑》，差不多整整三十年每年都在临，对于草书的体会和研究也没有半点松懈。另一方面，他写狂草乱书，写壁书、水书、体书，写一切能写之书。

“对于我这样已经把书法融入了生命的人来说，当然会不断创造，希望能达到极致。我也是有使命感的人，知道在21世纪，书法是不可能像林散之、启功他们那个时代那样了。但是书法确实是中国文化艺术当中的一个最了不起的东西，所以我们今天应该有新的表现。”

对他而言，不是说传统书法家只能写传统书法，当代艺术家只能做当代艺术。一个人只要去做他擅长的、享受的事，放在当代艺术馆里是当代艺术，当他承接传统、与大师同行，就是传统书法。

“书法家、艺术家，重要的是保持对生命的真诚，保留激情和敏感。古人讲：不敢越雷池一步。但是艺术不越出雷池是很难有所作为的。”

从2017年4月的一个念头，到一个将延续至这年11月12日的热门展览，王冬龄的“竹径”得到了三方力量的加持：一是安吉人胡国良的一席谈、竹与捏油，二是巫鸿的专业策展，三是OCAT深圳馆的高质量呈现。“竹径”是一次新的尝试，但不是王冬龄第一次尝新——他在阿拉伯报纸上写过，在时尚画报上写过，在西方摄影大师的人体照片上写过，他把书法推到了富有争议性的极致。

“有一条是根本的，就是我对我的书法基本功是绝对自信的。如果前怕狼后怕虎，灵性和勇气就磨掉了。我是在夹缝里生存的人，但是我坚信能够一直走下去。”●

17:00

深圳OCAT 杭州书法家在表演

用捏油写满狂草乱书的孟宗竹

摄影/陈旭江

1

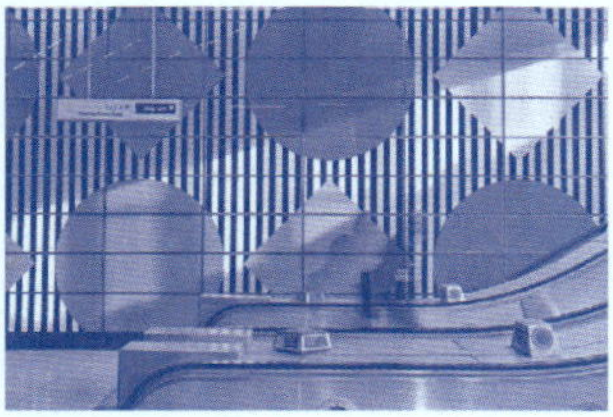
2

3

4

清单 四大最具话题性当代艺术秀

1. 焰火秀：2014年8月8日下午5点，上海当代艺术博物馆外的黄浦江面上，蔡国强完成了他在国内的第一件"白天焰火"《无题：为"蔡国强：九级浪"开幕所作的白天焰火》。

2. 地铁艺术秀：繁忙的地铁也可以很美。斯德哥尔摩市政厅站、那不勒斯托莱多站、蒙特利尔战神广场站……经艺术家妙手点化后的地铁站是城市的骄傲。2016年，参加过十一次威尼斯双年展的法国艺术家丹尼尔·布伦，用条纹和圆圈将伦敦托特纳姆考特路站翻新为巨大的波普艺术装置，此前他的作品只能在博物馆欣赏到。

3. 艺术车秀：截至2017年，宝马推出了十九款艺术车。为其涂装的艺术家个个如雷贯耳，包括：亚历山大·考尔德、弗兰克·斯特拉、罗伊·里奇特斯坦、安迪·沃霍尔、恩斯特·冯彻、罗伯特·劳申伯格、迈克尔·尼尔森、肯·多恩、加山又造、凯撒·曼里克、A.R.彭克、埃斯特·马兰久、桑德罗·基亚、大卫·霍克尼、詹妮·霍尔泽、奥拉维尔·埃利亚松、杰夫·昆斯、曹斐、约翰·巴尔代萨里。

4. 灯光秀：用灯光将地标建筑点亮，成了一种艺术与科技结合的经典玩法，也是艺术家展示创意的机会。欧洲有阿姆斯特丹灯光节、柏林灯光节、卢米埃尔灯光节、里昂灯光节、布拉格灯光节五大巨头，国内也有广州灯光节等新晋亮点。传统图式借助科技获得新生，艺术家制作的发光装置将城市装点得如梦似幻。

18:00

杭州象山

王晨旭
一石石
60cm × 73cm
布面油画
2017
图/王晨旭提供

准艺术家的毕业展开幕了

2017年5月26日下午6点，杭州，中国美院象山校区民艺博物馆草坪上聚满了人。再过一会儿，等到当天的日落时刻，以“拓路踏歌行”为主题的2017中国美术学院毕业展开幕晚会就要准时开始，将会展开一场热闹的艺术嘉年华。

又一年毕业季，又一届毕业生，又一次毕业展。全国八大一线美术学院，又一轮向社会输送上万名准艺术家。毕业展不仅是美院学生的成绩单，也是他们在校期间最重要的亮相。来参观的不仅有亲朋好友和把校园当景点的市民，还有策展人、画廊主、美术馆馆长、媒体以及艺术圈的各色人等，人群之中蕴含着未来的机会。

2017年夏天，东南西北四所美术学院：国美、广美、川美、央美，共有7373名毕业生同期毕业，同期展出作品，同期进入社会。谁是他们的伯乐？谁是他们的知音？谁又是他们的金主？

1

国美的仪式感——“毕业季是力量的凝聚和推送”

2017年6月的毕业季，中国美术学院1792名本科生、447名研究生、300名高职学院毕业生在南山校区和象山校区的美术馆、陈列馆、体育馆及其他公共空间展出毕业创作，学校从中遴选出优秀作品再进行展示。毕业创作和毕业展是国美毕业生的人生阶段性总结和集中亮相，吸引了数以万计的观众。

为了激励学生，国美设置了多种奖励措施。中国美术学院艺术人文学院副院长杨振宇说：“优秀作品有不同层次，能得学校优秀作品奖的，我们学院四十个本科生里只有六七个，三十个研究生里只有五六个。但我们还有更多其他的奖学金，比如民生奖学金，获奖比例可以达到三分之一。”

选拔优秀只是一种激励方式，除此之外，还有各种交流和研讨。杨振宇说：“我们理论类的学生去看毕业展的时候，创作者经常就在作品边上，这个时候对话和交流都会发生。有些外面来学校看展的朋友也说，在毕业展上交到了很多年轻艺术家朋友。”

毕业展就是为了让学生尽情展现自我，是艺术与社会的结合点。既不排斥公众，也不回避市场。而毕业季则是为了力量的传递，一系列充满仪式感的活动，唤起了学生对学院的再一次认同。“从毕业作品的展示到最后的仪式感，现在学校很珍惜这个机会，给学生最好的一堂课。”

杨振宇说：“毕业是一个很微妙的阶段，无论将来出国、上班，还是在外面漂，都是人生转折点。人生还没有完全成熟，看上去很美，其实很艰难。所以作为老师要特别关注这一块，有责任把更好的能量传递给他们。毕业季是力量的凝聚和推送，让他正视即将到来的孤独无依的状态，又通过仪式感传递学院的传统，让他们更坚强、更明亮。”

为什么一定要有毕业季？他补充道：“如果没有毕业季，就像没过年，很乏力的感觉，没有完成一种过渡。”

2 广美的潮流感——“毕业展只是一个中间点”

2017年，广州美术学院共有1390名本科生、250名研究生毕业。所有毕业作品都要在校本部和大学城的美术馆展出，数量实在太多，雕塑馆和影像馆只好另找空间来做。广州美术学院美术馆副馆长胡斌说：“虽然比较拥挤，但我们把所有学生的创作都容纳进去了。展的时间长，看的人也多，广美毕业展几乎成为华南地区的一个节日了。”

热闹的毕业展，是艺术学习的总结陈词，也是艺术生涯的起跑线。为毕业生提供的，除了展出的机会，还有出售作品的机会，甚至工作机会。

作为教授，胡斌希望毕业展成为社会关注的焦点。但是作为策展人，他不倾向于直接从毕业展上选艺术家。“总体上，很多毕业作品还是对老式学院教学的反映，无非是添加点新生活信息。还有一种是对当代艺术潮流的反映，貌似创新，但也是滞后的。好的艺术家能给我们与既有艺术认知不一样的东西。”

但他仍然看好毕业展多元而有活力的一面。“大部分作品没有特别跟随导师，也没有一边倒地呈现出对某种潮流的追随。越来越多学生青睐综合材料和综合知识体系的呈现，这就区别于以前比较符号化的做法。这几年这一类作品不受认可了，艺术圈在变，学生也在变。”

胡斌认为，艺术市场的好坏，对毕业生的影响并不大。“对于毕业生，大家心理上会觉得他比较便宜，来毕业展买画是一种捡漏的心态，实际上未必这些作品就便宜。收藏要看艺术家的成长脉络，只是在毕业季采购一两样东西，属于大海捞针，太不可想象了。”他说以往的经验是：“某个学生能出来，要么是他已经进入艺术系统了，只是刚好毕业了而已；要么还是有较长时间的积累，而且之后还在持续推动，毕业展只是中间一个节点。”

每年毕业展，广美美术馆都会收藏作品，但是从美术馆发展的角度来收藏，而不是按照学校的评分系统来。“有些作品挺好，但我们以前收过，就不收了。每年收藏的作品都要反映当时学生跟时代契合的状态，要有代表性。”

谈到毕业生的去向，胡斌说：“这个要看专业。国油版雕实验艺术，正常上班的比例低。学设计的正常上班的就多了。”

3
川美的开放性——既是艺术的吸引，也是商机的吸引

四川美术学院2017毕业展“开放的六月”，把虎溪校区变成了旅游景区。除了人山人海的学校美术馆主展场，还有散布在校区各个院系的分展，将观众引向了这个学校的纵深处。1780名本科生、200多名研究生，交出了超过4000件作品的毕业答卷。毕业展既是艺术的吸引，也是商机的吸引。

在一片热闹当中，孟德新是略微游离的一个。她没有在毕业展上留下联系方式，因为毕业作品已经被预定了。

孟德新在川美国画系读本科，毕业后在学校驻留一年，之后考上本系研究生，2017年正式毕业。她和同期毕业的16名研究生同学的作品在虎溪公社一楼展出，她的毕业创作是一幅表现佛教故事的十一米工笔长卷，加上一本记录创作过程中所思所想的文献集。这幅长卷是从三年前开始创作的，最终会成为一幅工笔重彩。但由于铺得太大了，还没有完成。

川美国画系在本科阶段是不分专业的。“书法、人物、山水、工笔、写意，什么都要学。好事就是我什么都尝试了，找到了自己最喜欢的；不好就是不够精，读研最大的感觉就是从泛泛的学习转为精细的学习。”

读研期间，孟德新选定了白描这种创作方式。她是付仲超的研究生、郝量的同门，后者目前是国内炙手可热的年轻艺术家。大家都画白描，因此常会被拿来比较。“白描和白描本来就很像，用彩色绢本十有八九也很像。但你仔细看，或者知道我是怎么画的，就知道不像。”

谈到前途，孟德新说：“我觉得我现在还是个学生。有时家里人会说，我们新新是艺术家了。但我只觉得我是个艺术工作者，离艺术家还很远。”

7月离校后，她将去北京继续画完长卷。“我还是在学习和扎根阶段，如果有人欣赏我，让我能维持生活，我想继续延续这种状态三四年。我不急于成名，不急于打开市场。眼下对我来说，市场并没有那么吸引我。”

话虽如此，北京仍是一个巨大的机会场，新生活也像长卷一样徐徐展开了。

4
央美的狠劲儿——“我不能让根正苗红把自己限制住”

2017年6月，中央美术学院毕业生作品展展出了本科八个学院858名毕业生的2000多件作品，以及356名硕、博研究生的约1200件作品。对很多毕业生来说，这是他们人生第一次，也是最重要的一次亮相。

跟一般展览比起来，毕业展的参展作品在数量上要多得多，场面拥挤。与其说像展览，不如说更像博览会。

学生们在作品旁贴上二维码，扫一扫就能加微信进一步联络。来看展的观众多，询价的也多——很多人把毕业展当成了淘作品的机会。

王晨旭是央美2017届油画系研究生，她明显感觉到，研究生毕业展联系自己的人比本科毕业展时多了。这次她有两大一小三件作品参展，中间有人来询价，她报了一个不算低的价格。“我这个系列刚刚开始创作，目标不在于卖。”询价的人说要跟老总商量一下就没有下文了。

王晨旭还记得三年前自己本科毕业展是在地下展厅做的，那时人气并不旺。“有了毕业季，来看展的人明显变多了。这个平台是很好的，只要你从这个学校毕业的，肯定能在这展一次。”

她形容布展的过程像打仗一样。“我们油画系算是安静平和的，楼上雕塑系和实验艺术系的位置划分就比较难了。”开始布展那天，学生们早早进入场馆，挑中一个位置把作品放在那儿。之后院系老师会来调整一次，院领导再来调整一次。

学生大致分两种：一种听话，作品酷似老师；另一种回避，极力跟老师不一样。王晨旭属于后者，但这并不是说她不听话。在央美的毕业生中，她属于“根正苗红”的那种，从附中升到油画系第一工作室，研二在苏黎世驻留六个半月，毕业创作获得优秀作品奖，被学校美术馆收藏。她说：“本科时我没有太多想法，也会渴望老师给建议。学生像老师，只是在跟导师的互动中形成的状态，迟早会摆脱。我不能让根正苗红把自己限制住。”

18:00

王晨旭
入石
200cm × 60cm
布面油画
2017
图/王晨旭提供

王晨旭的榜样是向京，她说：“我觉得很难有女艺术家能达到那样的状态。她做事就是有一种狠劲儿，很迷人。”

读书期间，王晨旭属于不太活跃的学生，只参加过几个小型群展。谈到未来，她说打算先跟朋友一起创业，做美术教育：“我们能学到这个程度，利与弊都看得很清楚。我想把我的理解，用更适应时代的方式传递给当代人。”至于创作，她说：“画画就是我一辈子的事，就算我也做别的事，也不可能不画画了。”

5
毕业展已结束，真正的考验开始了

2017年毕业季的最大特征，是作品边的二维码。经由这张小小的纸片，毕业生们展开了他们人生的第一场正式社会交往。虽然大多数人并没有卖掉作品，但四所美院7373名毕业生和他们的作品集体登场，还是足以让毕业展成为社会关注的焦点。

走到这个夏天，2017届毕业生的学业和毕业创作已经完成了，但人生才刚刚开始，还有迷惘，还同时面临着机遇与不确定性。无论如何，能在这四大美院完成学业的学生，造型基本已经不是问题。不管将来是不是搞艺术，艺术已经成为他们生命的底色。

在毕业展上，基本很难看到完全创新的东西。这些年流行综合材料装置，毕业展上这类作品也特别多。不过因为还是学生，所以学习和追随并不是太大问题。可是离开学校后就不同了，要走好艺术这条路，必须找到自己的语言，并且保持。

展览或签约并不是2017届毕业生关注的热点。他们当中的很多人都有进修的想法，去国外，去读与艺术无关的专业。虽然也有人选择漂泊的生活，但绝大多数人选择一边脚踏实地地谋生，一边做艺术。

一线城市依然是他们未来生活的第一选择。离开学校后，大多数人还是会选择北京或上海。如王晨旭所言："大城市给你的体验和其他城市是完全不一样的，这个平台在一定程度上决定了你的高度。"

虽然有人是因为生活习惯不好，无法适应按部就班的生活才选择当自由艺术家的，但实际上，任何领域的成功者，包括艺术家，都是极度自律与勤奋的。

毕业展已结束，真正的考验开始了。●

1

2

3

4

5

6

7

清单 中国八大美术学院

8

1. 中央美术学院：造型专业国内最强，有美术学、设计学博士点。还有众多老先生，其中最著名的是靳尚谊，代表作《青年歌手》。

2. 中国美术学院：国画、书法专业强，跨媒体艺术学院也很强，有美术学、设计学博士点。还有翻译贡布里希的名师范景中。

3. 四川美术学院：油画专业最强，罗中立、张晓刚等很多大咖皆出于此。因地处西南，是许多优质艺考生的B计划。

4. 广州美术学院：设计专业好，偏重针对就业和市场培养学生。

5. 西安美术学院：工笔花鸟专业和版画专业一流，有美术学博士点。

6. 天津美术学院：有工笔人物画大师何家英坐镇，国画专业亮眼。

7. 鲁迅美术学院：以写实油画、雕塑、摄影为特色。

8. 湖北美术学院：水彩专业最强。'85时期在当代艺术界存在感强，出了天价艺术家曾梵志。

19:00

香港会展中心

2010年11月27日，香港佳士得，
中国20世纪和亚洲当代艺术夜拍
图/佳士得提供

佳士得在讲普通话

七天，在香港，经过十四场日拍和一场夜拍，32.3亿港元的艺术品完成了一次换手。

2010年11月底，香港展览中心二楼正在举办香港珠宝购物节，人满为患，抢着填资料入场消费。内地客是重要目标，“mainland买家”（内地买家）有专门通道入场。往前走十几步，便是一条红毯，通往更上层楼的佳士得拍场。走红毯的人行色匆匆，中国脸、西方脸一一闪过，既是香港速度，也是财富游戏中一贯的低调。

你头一天晚上还在蔡国强和曾梵志前踯躅，展厅里第二天就全换成赵无极和朱铭了，隔一天，又被徐悲鸿和张大千的书画取代。拍卖会上展开体力比拼，持续数小时的拍卖散场后，后勤赶紧在午夜进场，打包、运输、重新布置。

亚洲当代艺术三年一换手，对连续五年领跑亚洲的佳士得拍卖行而言，这是一笔内地艺术家和内地藏家逐渐成为主角的艺术买卖。

1

一场夜拍：欢迎来到佳士得！

最受瞩目的中国20世纪和亚洲当代艺术夜拍定在7点开始。

要进拍场的人怕来不及，不少干脆以猪扒包和奶茶打发一顿。

自1766年12月5日第一场拍卖开始，佳士得便一直将拍卖当作艺术之一种来经营。拍卖官的作风言谈、电话代理的衣着发式，甚至放在座位上那本银色图录的排版方式，都是这门艺术的重要组成部分。

6点，六十盏射灯和十六个反射灯把拍场照得光灿灿。工作人员将桦木板鱼贯搬入后台，等会儿翻过来搬上前台，便是一张张至少价值六位数的杰作。

人越来越多，二百六十个座位逐渐坐满了。穿名牌软皮鞋和夹克衫的内地中年男人三三两两坐在一起，拿黑色鳄鱼皮包的外国女人显然是佳士得的常客，穿带皮紧身裤、外面再套上高跟皮靴的年轻女孩看样子是徐濠萦的拥趸，也有大学里读艺术科的朴素学生混进来开眼界。

“对不起，这些座位有人了。”“哪里没人？我想知道。”一个金发蓬松的漂亮女人挑挑眉毛，不满地坐到侧面前排。

中间第七排的八个座位一直留到开拍前，最后坐下江浙口音的一男两女，年纪大点的女人将暗绿色爱马仕放在脚下，侧袋里露出一部金色的VERTU（纬图），年轻一点的女孩戴大钻戒，做了法式甲，斜挎一个迪奥。

“欢迎你们来到佳士得！”来自纽约的女拍卖官张开双臂以普通话开场，内地买家会心地笑起来。

这场拍卖速战速决，很多画来不及搬上来就已经成交了。不到两小时，四十四件拍品卖出三十七件，成交额2.813亿港元。常玉的《青花盆与菊》在两个电话买家之间展开竞争，三分钟后以5330万港元成交。“我记得这件作品三年前是两千多万落锤的，所以几乎是翻了一倍。”佳士得亚洲区主席叶正元愉快地说。

“亚洲当代艺术通常三年一换手，”香港佳士得高级副总裁张丁元并不认为冲进拍卖市场的热钱有太大负面影响，“艺术市场的换手率不像股票市场那么快，所受的冲击也不那么大。”

大多数拍品在两分钟之内就落锤了，买家很明显是有备而来，买什么东西一早就下定决心了。不过，以往开创过天价的几位中国当代艺术家的作品却爆冷没有成交。岳敏君的《农夫》没达到估价，另一件《划船》一上来，后排就有人嘀咕：“这张太小了。”倒是一贯低调的毛旭辉凭《92家长》跻身“千万艺术家”行列。

开场四十四分钟后，坐在前排的日本买家并无斩获，提前退场了。那位坐在第七排的江浙买家对赵无极的《4-6-62》感兴趣，出价750万。这幅画还没来得及被搬上台，竞价就展开了，画最后以962万港元被别的买家买走了。不过，散场后他的心情好像丝毫没受影响，约

19:00

常玉
青花盆与菊
123.5cm × 93.6cm
纤维板油画
1950年代
图/佳士得提供

了朋友去法国餐厅“叹”生蚝。

2
一群藏家：要买就买精品

2010年佳士得的预展及拍卖场地仍然在香港展览中心，参观的人极多，拍品近在咫尺。工作人员开玩笑说，她们都担心有人会打碎花瓶和盘子。其实，拍卖行尽可以让人只能隔着玻璃看，但这样就好比过去的国营商店要隔着柜台向售货员买肥皂，而今天的超市连好酒与和牛也开架让人随便挑。没有购物体验，很难有消费冲动。

展厅里，每个角落都有恒温恒湿机。温度二十摄氏度，湿度百分之六十，这展厅应是香港最宜居的房间。

几天来，主展场人流不息，从色彩艳丽的东南亚绘画到发黄的中国书法卷轴都有人感兴趣。手臂上挽着铂金包的富态女士，身边跟着年轻的女随从，边走边捂嘴讲电话：“你怎么看他的作品？”日本人则总是三五成群，用蓝光小电筒在字画上边检视边谈论。

“日本藏家早年收了很多书画，很多重要的中国书画是从他们那里拿出来的。经济泡沫以后，日本买家不像80年代那么活跃。二十年来，他们主要是卖家而不是买家。”叶正元说。

在市场上，藏家的口味是很私人化的，受很多因素影响。佳士得东南亚现代和当代艺术部门主管龚若灵介绍说："东南亚艺术市场到今天走了十六年，逐渐有收藏家的确是在收'东南亚'。这当中有些是因为对自己文化的认同而收的人，比方说印尼的藏家只收印尼的画，菲律宾的藏家只收菲律宾的画。"

但是，也有不少有眼光的藏家非常活跃。"印尼的藏家最有前瞻性和包容性，他们看中国20世纪油画、中国当代艺术，也买印度、韩国和日本的当代艺术。"龚若灵说。

两翼的展厅人气很旺，男人围着瓷器工艺品，女人围着珠宝。穿暗金中式衣褂的美女涂了腥红甲油，十指紧扣一只雪白玉盘拿给买家看。"真正买好东西，一定要到拍卖会，因为这里的珠宝都有专家看过。而且珠宝行不会一次性有这么多贵重的存货。"一位专攻珠宝的香港买家说。

来拍卖行的人，一定是抱着要买就买精品的心理来的。"好的东西客人会追得很厉害，一般的东西客人会比较保守。在艺术市场上，这是健康而稳定的情况。"叶正元说。

这些拍品，一边展出，一边被源源不断地拍走。一旦落锤，作品会在第一时间打包，做好送货上门的准备。拍场右后方就是付款台，刷卡、付现两相宜，交易流水走。

张大千
碧峰古寺
127.3cm × 63cm
立轴，设色金笺
年代不详
图/佳士得提供

3
一个未来：内地市场最大

二百四十四年来，佳士得几经起伏，有过更名与沉寂，也曾迎来过叶卡捷琳娜二世这样的豪客。不过，创始人詹姆士·佳士得一定没想到，有朝一日全球拍卖市场会进入一个讲普通话的世纪。

嘉德秋拍成交41.33亿元人民币，香港苏富比秋拍成交30亿港元，香港佳士得成交32.3亿港元，保利秋拍成交52.8亿元人民币。一只意想不到的乾隆瓶，更在伦敦班布里奇拍卖行拍出5.5亿元人民币天价。

在连续五年领跑亚洲的佳士得拍卖行，2010年秋拍比去年同期的成交增长了百分之九十五。单是亚洲20世纪及当代艺术这一项成交，就从2004年的3000多万港元增长到2010年令人咋舌的5亿多港元。这些令人瞩目的数字，无一不与中国内地藏家空前高涨的热情相关。

“大局来说，市场非常稳定。”叶正元举例，“名酒拍卖这一两年来不停地往上涨，最重要的原因也是内地的藏家开始进来了。”

中国内地在艺术品市场上的崛起，首先是从艺术家的优异表现开始的。蔡国强、谷文达、张洹、徐冰、黄永砯等艺术家的很多思维方式都指向中国人的精神内涵和独特面相，他们的艺术给了西方强烈的震撼。除了西方的青睐，如叶正元所说：“中国人有闲钱买艺术品，第一个当然是买他们最熟悉的东西。”

“总体来看，市场会主导学术，从印象派开始就是这样。”张丁元认为，市场代表群众的观感，代表他们是否接受或认同这个艺术家。但他并不认为人们可以通过金钱把一些玩意操纵成大家认同的东西。

蔡国强的《寻找外星人》流拍了，很多人猜测是因为尺幅太大，不方便保存。张丁元透露，虽然现场没有成交，但他正在和藏家谈售后标，也许很快可以成交。

谈及内地藏家的心态，叶正元说：“爱好艺术的有，完全就是投资的也有。即使你完全是收藏，花了上千万，心里也希望将来有一天出手的时候得到一点回报，对不对？”

对于未来的市场前景，正在内地开疆拓土的香港佳士得信心十足，叶正元说：“我们最大的优势是两百多年来积累的全球客户群，还有一点非常重要，就是我们的专业。一般拍卖公司可能还没法跟我们竞争。”●

19:00

毛旭辉
92家长（三联作）
180cm × 110cm × 3
布面油画
1992
图/毛旭辉工作室提供

1

2

3

4

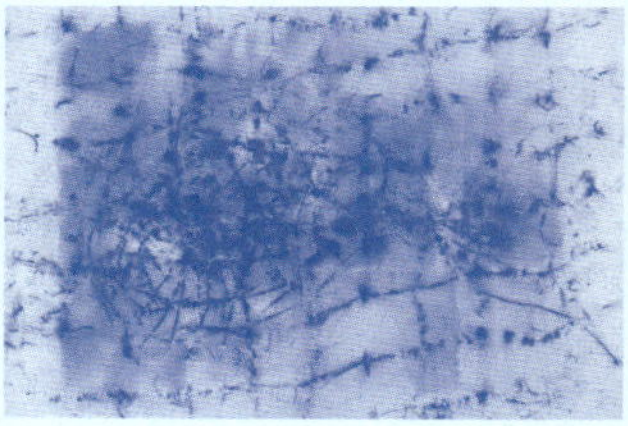
5

6

7

清单 二〇〇六年至二〇一八年中国当代艺术拍卖Top10

8

10

9

1. 曾梵志《最后的晚餐》，1.42亿元，2013年香港苏富比四十周年秋拍
2. 曾梵志《面具系列1996 No.6》，9309万元，2017年保利香港春拍
3. 曾梵志《协和医院系列之三》，8900万元，2013年香港佳士得秋拍
4. 张晓刚《血缘：大家庭3号》，7441万元，2014年香港苏富比春拍
5. 蔡国强《APEC景观焰火表演十四幅草图》，7054万元，2007年香港佳士得秋拍
6. 曾梵志《面具系列1996 No.6》，6707万元，2008年香港佳士得春拍
7. 张晓刚《生生息息之爱》，6656万元，2011年香港苏富比春拍
8. 张晓刚《血缘：大家庭1号》，5772万元，2011年香港苏富比秋拍
9. 刘小东《温床No.1》，5712万元，2008年中国嘉德春拍
10. 刘小东《违章》，5584万元，2014年香港苏富比秋拍

20:00

香港会展中心

2017年3月，湾仔香港会展中心，
香港巴塞尔举办期间
图/香港巴塞尔提供

贝克汉姆来到香港巴塞尔

午后开幕的香港巴塞尔艺术展，在晚上8点达到人流高峰。VIP日下班后，大批白领从写字楼直接赶到展览中心来观展，扶梯、售票处、检票口处处排长队。

这是巴塞尔的第四十七个年头，香港巴塞尔的第五个年头。艺术展一票难求，五天迎来八万访客入场，畅游由三十四个国家两百四十二家画廊精心呈现的艺术消费之境。主办方送出的六千张VIP卡，为展会带来上万名专业观众。五天之内，艺术狂欢的气氛从豪华酒店一直蔓延到路边大排档。

作为艺术卖场，香港巴塞尔无疑代表着全球最高水平。然而，巴塞尔艺术展全球总监马克·斯皮格勒还是抱怨，相比其他行业，艺术市场太难琢磨了。

自1970年起，巴塞尔这个高度专业化的瑞士团队努力的重点，就是与现实建立更牢固的关系——让艺术不再是一门看天吃饭的莫测生意，而是可预知、可控制、可写出年年增长的漂亮报告的长命生意。

2017年的香港展会进行到第二天时，主办方推出了文化经济学家克莱尔·麦克安德鲁撰写的《巴塞尔艺术展与瑞银集团环球艺术市场报告》。这份报告显示，中国已经占据了全球艺术市场份额的百分之二十，仅次于美国的百分之四十和英国的百分之二十一。

1

艺术市场对亚洲藏家有信心

平稳运行了四十七年的巴塞尔，想要注入活力和激情，选择香港就对了。这里无疑是最有效率的地方，也是未来市场机会最大的城市。

正是因为看准这一点，继2002年在美国迈阿密设立分展会之后，巴塞尔在2013年来到香港。2015年，任用深耕本地多年的艺术顾问黄雅君为亚洲总监，同时逐年在艺廊荟萃（Galleries）、亚洲视野（Insights）、艺术探新（Discoveries）、艺聚空间（Encounters）和光映现场（Films）五大板块增强亚洲元素的存在感。

今年参与艺术探新单元的二十五家画廊中，包括印度Jhaveri Contemporary和上海A+ Contemporary在内的十二家画廊都是初次亮相。光映现场还特别以中国艺术家蔡国强的纪录片《天梯》作为主打。而艺聚空间的十七位参展艺术家中，有十四位来自亚太地区。

面对充满潜力的中国市场，画廊首先要对自身进行汉化。不少欧美画廊都细心地为作品配上了详细的中文标签，请几个说中文的画廊销售人员更是必不可少。不过，亚洲藏家们也不是没努力，不少人为了更好地杀价而自学英文。

主办方不仅想吸收新的亚太藏家，也想提振已经对展会感到审美疲劳的欧美藏家的信心。艺术史一直是巴塞尔一根抓人眼球的线索。展会今年新增了“策展角落”（Kabinett），在热火朝天的交易现场加入了展览般的场景，试图为藏家再增加一些冲动消费的动力。

比起1970年第一届巴塞尔的布局，今天的巴塞尔的确当得起“艺术展”三个字。画廊费尽心思布置作品，有高大展位的摆开经典“白盒子”，没有的也会想方设法营造自己独有的色调和气场。

对画廊而言，对艺术史最直观的运用，就是拿出任何简单了解过艺术史的人都会觉得如雷贯耳的名字来吸引买家——毕加索、莫兰迪、博伊斯、杜尚等。到了2017年，还能在展会上现身的大师作品往往都是小件非代表作了，但这并不会影响藏家的购买欲，因为这些名字都是涉足艺术收藏必须收集的能量。

2
这里提供丰俭由人的收藏方案

超级画廊忙于创造自己的历史。他们的首要任务是将旗下在欧美大获成功的明星艺术家推广到亚太地区，并且很大程度上已经成功做到了。

即将在香港开设新空间的卓纳画廊（David Zwirner）就是一线画廊中的活跃分子。展会首个VIP日开门还不到一小时，卓纳带来的吕克·图伊曼斯的两幅分别价值150万美元的肖像画《K》和《C》即告售罄。这一天，他们

20:00

安迪·沃霍尔
有骷髅的自画像
1977
图/香港巴塞尔提供

还拿出了一张中等大小的草间弥生作品和一张小型的米歇尔·波利曼斯作品，分别卖出45万美元与42万美元。这两位艺术家的作品都是巴塞尔的“硬通货”——几乎每次必定出现。

豪瑟沃斯画廊（Hauser&Wirth）带来的菲里达·巴洛、马克·布莱德福特和菲利普·古斯顿等人的作品对亚洲来说相对陌生一些，但他们都已成名成家。其中后两者的作品都卖到了七位数。

高古轩画廊（Gagosian Gallery）不仅带来独家资源——全场唯一的培根、唯一的里希特、唯一的贾德，还信心满满地准备再续推谁谁就火的传奇。他们在场内最显眼的艺聚空间摆上德国女艺术家卡塔琳娜·格罗斯的六件大型彩色铝制雕塑，并对藏家喊话：抓紧时间吧，下次你再看到这些作品只能是在某个博物馆里！

里森画廊（Lisson Gallery）打的完全是亚洲牌，在此之前已经为旗下艺术家在中国举办了多个展览和项目。安尼施·卡普尔、朱利安·奥培、瑞安·甘德因此都成了熟面孔和热门之选，并且画廊也成功地把他们的作品都卖给了亚洲藏家。

佩斯画廊（Pace Gallery）则用两件数字影像作品和一场“沙龙漫谈”，为即将在北京亮相的teamLab（团体实验室）个展“花舞森林与未来游乐园”预热。这个由四百人组成的新媒体艺术团体（也许该叫公司？），刚刚结束了在佩斯伦敦的展览，大排长队的场面预示了北京将会出现何种盛况。

另一些西方画廊则打定主意为自己代理的、还没有大红大紫的西方艺术家开拓一片新天地。市场还在培养中，因此价格十分亲民，懂行的人有时能够达成非常划算的交易。连续五年来香港的经验让很多画廊明白：比起为其度身定做，亚洲藏家更喜欢那些欧洲藏家喜欢的东西。你可以认为这是西方化，也可以将其理解成全球化。

在香港巴塞尔，来自亚洲的画廊虽然是主场，却不是主角。一流的亚洲艺术家，多半已经被国际画廊代理了，因此上升期的年轻艺术家成了亚洲画廊的突破口。但这并不是说非明星作品就不受欢迎，实际上，展会上最畅销的总是50万美元以下的作品。

诚品画廊带来的明星艺术家蔡国强的明星作品——十八折木制屏风作品《游走太鲁阁》，在展会上格外引人注目，但成交却没那么容易，尺寸较小的《龙柏》和《黑牡丹》反而更早卖掉。这也许是因为亚洲的私人藏家比机构藏家更多，收藏空间的限制决定了他们更青睐尺度适当的作品。

来自北京的魔金石空间，展位虽然在卓纳画廊对面，与他们共享人流量，定位却大相径庭。这家画廊推出的是最高30万元人民币左右的本土艺术家阵容，和大多数来自中国的画廊一样，他们的受众是一个更年轻、更本地化的收藏群体。

乔治·德·基里科
意大利广场
1962
图/香港巴塞尔提供

3

比藏家更受欢迎的是名流

香港巴塞尔艺术展是展场，也是T台和秀场。作品好像怎么看都看不完，时尚养眼的人也是。

毕加索说：“艺术的目的在于涤荡日常生活掉落在灵魂上的灰尘。”艺术展就是一场集体洗浴——头顶飞舞着七彩绚丽的艺术泡泡，空气中飘荡着异香和薄荷糖味，时尚的人们走来走去，拥抱、攀谈、展示、交易。得体地展现局内人的眼光和谈吐固然有快感，漫无目的地观看和询价也能得到乐趣。

艺术展是所见即所得的卖场，它不对艺术史负责，也不对创作负责。在这里，势利是自然的，也是合理的。吸引人驻足的首要因素通常是logo（标识），这件是毕加索，那件是草间弥生，等等。你被一组七张不太眼熟的综合材料小画吸引，停下来细问发现是塔皮埃斯，这时一定会感到惊喜——这个瞬间是艺术史和商业关系的温情时刻。

对藏家而言，进入越多画廊的藏家名单，在展会上就能得到越殷勤的款待。而购买，不一定是当场决定的。早在展会开始之前，很多资深藏家已经凭画廊提供的作品图片大致决定买什么了。他们到展会是来验货的，或者是来享受自己的囊中物在巴塞尔风光亮相的感觉的。

巴塞尔的参展画廊，多年来都比较稳定，而藏家群体却发生了相当大的变化，尤其是在亚洲。据黄雅君介绍，一个最大的特点就是藏家的年轻化。他们中的许多人自称是为家庭和家族购买藏品的代表，不过还没有表现出非常强劲的实力。不过，这些人已经在艺术圈充分享受到了社交的乐趣。不知从什么时候开始，只要在一家画廊订下几件作品，就能长期享受VVIP待遇了。即使你什么也不买，只要曾经买过，就不会在这个名利场上失去位置。

不过在名利场上，名气比金钱更惹眼。在千万人之中，能引起一阵阵骚动的通常是大大小小的名人和明星。如果说展会上的作品是商业社会的高级产品，那出场的明星就是商业社会的尽职演员。王家卫、李嘉欣、余文乐、赵薇、潘石屹、BigBang成员太阳等都来了，认出他们的观众热情地拍照、求合影、发朋友圈，把巴塞尔的社交和狂欢属性发挥得淋漓尽致。

当贝克汉姆出现在香港会展中心，气氛达到了顶点。他绕场一周，给展会带来的流量和评论超过全场最贵的艺术品。

4
巴塞尔的孤独老头是谁？

马克·斯皮格勒说："那些把艺术世界描绘成与世隔绝的人，同样也把艺术家塑造得跟世界困局毫无关系。事实上，我们的看法与他们恰恰相反。变幻莫测的时代反而令艺术作品更显真实。因为艺术家以不同的视角来洞察世界，他们的反应往往比一般人更快、更无拘束，以抒发情感的方式把真相表达出来。”

巴塞尔也是这些艺术家的舞台。

艺术家徐冰曾说，如果不来巴塞尔，他就体会不到艺术与社会关系的新变化。也许正是基于这个原因，世界各地的许多艺术家，年年都会出现在巴塞尔。他们在展会上最直接地感受到商业评价系统是如何工作的，同时也看到外部世界是如何回应艺术对外部世界的回应的。

2017年3月23日，卓纳画廊专门举办媒体早午餐会，为图伊曼斯接风。图伊曼斯也出现在21日的VIP预展和随后的一系列社交活动上，与藏家和崇拜者的合影不断被发在社交媒体上。不知道这些轻松愉快的快照会不会被他看上，翻拍再翻拍，作为下一批作品的素材？

艺术家毛旭辉和王川在场内结伴看展。艺术家看巴塞尔，是内行看门道，也是一个寻找同类的过程。他们不自觉地就会以艺术史的眼光来衡量展品，同时也是以某种方式打量自己的想法和创作。

毛旭辉说：“我主要是来看艺术史上的大师的，他们超越时空来到中国。昨天看到杜尚（的作品）第一次来，还有一头白发的克里斯托。”

大地艺术家克里斯托不仅没有一呼百应，反而显得有些孤独。王川一眼认出了他，还激动地拍照发了朋友圈。一头白发的克里斯托，埋头坐在代理画廊的展位上，看上去就是一个孤独的老头。

艺术家叶永青在酒店大堂的角落发现了另一个孤独的

老头——谢德庆。

“谢先生大概不习惯这种热闹，他急忙向我解释他与巴塞尔没关系，他来是因为明天在香港艺术中心有个小的讲座。两年前他一个人修整好了他早年购下的一幢位于布鲁克林的旧屋，在那里安静地整理着他的艺术档案。这位宣称终身不再做艺术的终极者，其实并没有一天停止对艺术的思考。”叶永青写道。

被人群追捧着、簇拥着的贝克汉姆，在展场里“艰难地”前行，与孤独老头们形成了最强烈的对比。为了拍一张他的照片，时尚养眼的人们也不顾仪态了，互相推搡着，高高举起手机和相机。从外围看去，你会产生一种错觉，还以为艺术已经得到了空前的爱戴。

巴塞尔办再多届，艺术老头们也绝对不会引发“贝克汉姆现象”，但这丝毫无损于他们创作的品质以及顶尖艺术家的地位。钱锺书说得好：“假如你吃了个鸡蛋，觉得不错，何必要认识那下蛋的母鸡呢？”●

1

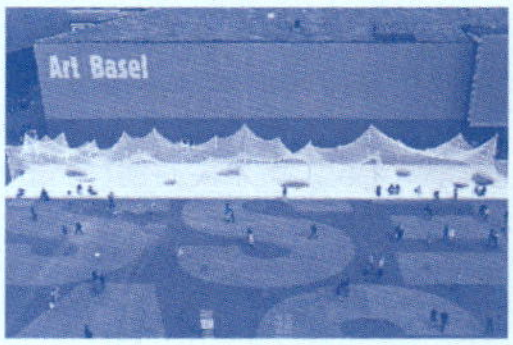

2

3

4

5

6

清单　全球九大艺博会

7

8

9

1. 科隆艺术博览会：创办于1967年，被尊为“艺博会之母”。从古典到当代一应俱全，是稳稳的博览会旗舰店。

2. 巴塞尔艺术博览会：首展于1974年，全球当代艺术第一交易会。目前每年在巴塞尔、迈阿密海滩和香港轮番亮相。

3. 巴黎当代艺术博览会：创办于1974年，在巴黎大皇宫开展，是最具地缘吸引力的博览会。

4. 西班牙马德里当代艺术博览会：创办于1982年，全球访客最多的艺术博览会，拉丁语系国家当代艺术大全。

5. 荷兰马斯特里赫特欧洲艺术和古董博览会：创办于1988年，是全球最重要的古董卖场，被称为“可出售作品的博物馆”。

6. 纽约军械库艺术博览会：创办于1994年，前身为葛莱美西国际艺术博览会，1999年更名为军械库艺博会，是目前最保守、最商业化的巨型博览会。

7. Frieze（弗里兹）艺术博览会：创办于2003年，英国最重要的当代艺术博览会，由《Frieze》杂志出版人创办，每年在英美两地展出。

8. 东京艺术博览会：创办于2005年，是日本最大的艺术品展销会。古美术、工艺品、日本画、西洋画和当代艺术等啥都卖。

9. 迪拜艺术博览会：创办于2006年，中东地区最大的艺术博览会，沙漠中重金打造的艺术宝座。

21:00

深圳OCAT

展望

拓地

尺寸不定

不锈钢

2016

图/OCAT深圳馆提供

成名艺术家在聊他们的知音

十五年前做完外周血移植手术后，黄专并没有消沉，反而脱颖而出，成了一位博学的艺术史学家，一位有独立见解的批评家，一位个案型的策展人。他苛刻、从不认输，考虑问题细心周全；他爱开玩笑，有时却很温情；他很有主见，不在乎市场热点。总而言之，他的立场和情感都很鲜明，是一位怀着与自身健康状况不相称的乐观心态、主持着中国最活跃的当代艺术机构的馆长。

有一次，有人问他："别人说你只跟成功艺术家打交道，你怎么看？"黄专回应："就我的一生而言，不论是学术上还是作为肉身的存在，我只跟与自己同时代的艺术家彼此认同，彼此有感觉。"

自始至终，黄专心目中都有一份二十多人的、值得追踪研究的艺术家的名单。"历史是一代人的历史。"他说。

但2016年他先走一步了。

王广义说："和黄专的交往，让我在艺术生涯中摆脱了误入歧途的危险。假设我不曾认识黄专，或这个人完全不存在，当然我依然在创作，但误入歧途的概率就高了。黄专的去世是一个时代的过去，艺术界重又进入高风险时期。"

21:00

1
这是一个装灵魂的展览

2017年清明假期一过，王广义和王友身就飞到了深圳OCAT。两天后，张晓刚和隋建国也先后到了。晚上9点，四个人聚在了一起。上一次四个人朝夕相处，还是一年前送别黄专时。

他们发起了一个展览，自愿参与的都是黄专十年以上的好友，参展作品都与黄专的学术工作有关。王广义、王友身、王鲁炎、方力钧、冯峰、卢昊、朱加、向京、汪建伟、张晓刚、张春旸、姜杰、顾德新、徐坦、展望、隋建国、曾浩、魏光庆，十八位艺术家以纪念展的方式再集结，悼念黄专逝世一周年。

“从某种程度上来说，这个展在学术上是不成立的，没有策展人，也没有学术原则。艺术家来做这个事基本上是犯规，但是我们甘愿犯规，也要纪念一个朋友。”王友身每天都在展场监督布展进度。参展作品跨越了黄专三十年的职业生涯，每一件都有不同语境和故事，而且由于场地限制，很多作品不得不做变体。虽然如此，十八位艺术家还是齐心地聚在一个“悼念剧场”中了。

这次的镇展之作，是王广义的黑色油毡纸装置《圣物》。2012年，黄专在今日美术馆为他策划回顾展，《圣物》是当年的两件大型装置之一。之所以选这件作品来纪念黄专，王广义表示原因有二：“一是当时黄专和我对这个作品有过很多讨论，二是这件作品视觉上有一种肃穆感，在这个展厅中出现，好像和死亡有一种关系。如果黄专还在，这件作品是不会有这种感觉的。”

跟黑色肃穆的《圣物》呈斜角呼应的，是隋建国用白色石膏在现场浇出的《引力场·白夜》。流淌外溢的石膏，像“蜡炬成灰泪始干”，并且展览结束时就会被销毁。“这件作品就是此时此地，4月13日这一天，不会再在其他地方出现了。”隋建国说创作这件作品是一个仪式，整个展览实际上也是一个仪式。

“老隋在展厅布展的时候，很多人问这是装什么的，他说这是一个装灵魂的作品。我盗用这句话说：这是一个装灵魂的展览。”王友身补充。他为黄专献上的是新作《金蝉脱壳》——照片中是黄专走后换下的病号服，拍摄于2016年4月13日。

王友身掀开盖住照片的包装纸，画面上是揉成一团的条纹衣裤，像蝉蜕。

2
黄专的冷与热

黄专给人的第一印象，是高傲、难相处。20世纪80年代末初次见面，他的冷，甚至给舒群“埋下了心理阴影”。

“自始至终，黄专一言未发，在我慷慨激昂的‘演

王广义

圣物

120cm × 80cm × 1000cm（尺寸可变）

油毡

2012

图/OCAT深圳馆提供

讲’时刻，黄专一直冷眼盯着我，就像萨特所描绘的把你‘沦为对象’‘沦为地狱’的那种眼神。”

他最经常的态度是拒绝——拒绝媒体采访，也拒绝给别人写文章。“黄专太难接近了，那张嘴太损了！”王友身笑了，“他对我是人身攻击型的。”

与王友身的友谊，其实是黄专主动的。1989年，王友身参加“1989现代艺术大展”，和杨君合作的作品叫《√》。“他给我写了一封信，说你能不能梳理一下作品的起因、呈现和制作过程，写一个自述给我。”黄专精通图像学，当时在中国，王友身是第一个使用照片这种材料的艺术家，他敏感地将其打捞了出来。

1994年，黄专策划了当代摄影展，又推出了王友身的新作《我奶奶去世前后》。“这个作品后来影响很大，第一个认知它的是黄专，它参加的最后一个展览就是这次纪念展。”

众人之中，王广义与黄专友情的历史最长。1990年，王广义调到武汉，刚到埠，就被同学魏光庆带到黄专简陋的宿舍喝酒，两人一见如故。这种“男人之间很哥们的感觉”一直延续了二十七年。

虽然经常见面，两人却很少坐下来专门谈艺术。黄专对王广义的观察也堪称稳准狠：“广义的知识来源特别复杂，从小人书、通俗杂志到很复杂的哲学著作，这些东西都搅在一起。他说话有的时候很幼稚，有的时候很玄，他就是这样混在一起使用的。”

说说笑笑相处二十年后，2007年，有一天黄专突然很严肃地对王广义说："我想给你做一个展览，前提是千万别展一张《大批判》。"《大批判》是王广义的代表作，也是当时市场上最渴求的中国当代艺术作品之一，黄专对所谓"硬通货"却看都不看。"这些年除了人们所熟知的事，你还做了很多非绘画的观念作品。这些作品都是在国外展的，几乎没有在国内呈现过，完全可以支撑你做一个展览。"

2008年的"另一个王广义"，令黄专离王广义更近了。去发掘一个市场宠儿的陌生面，有点像逼着奥斯卡最佳男主角演女主角，要冒很大风险，但这个系列又成功了。

艺术的事，黄专几乎一看一个准。"你在某一段有问题的时候，他可能认为那不是问题；有时候你感觉挺好，他却觉得真的有一点问题。"王友身说，"这个人写的文章很短，一两千字，但看完了你觉得他比某些写十万字的都透彻。"

3
他不会为了友谊而出卖学术

中国当代艺术从无处展示到富甲一方，黄专都经历了。这其中，2006年是一个转折点——市场变好了，当代艺术值钱了，拍卖价上去了。艺术家的角色和自我定位很自觉地就变了，社会对当代艺术也越来越追捧。

“黄专其实不喜欢这种明星艺术家的感觉，他一方面觉得中国当代艺术值这个价值，另外一方面并不把这个当作唯一的东西。”在隋建国眼中，黄专从来没有怀疑过这一代人的价值，他有自己的立场和坐标。

“那一年好像一夜之间人和人的关系就发生了很微妙的变化，但不是人为的，而是很自然地就形成了一种区分。大家都面临着一个新的时代。”张晓刚觉得这个时代跟市场有关，也跟当代艺术发展到一定程度有关，“我的《大家庭》刚出来的时候，其实国内的反应并不那么好。我身边的人，包括一些批评家，并不觉得怎么样。黄专是第一个非常坚定地、明确地肯定了《大家庭》的人。”

1994年至1996年，黄专主持《画廊》杂志改版，第一期就用张晓刚的《大家庭》作为封面。王友身回忆：“在国内第一个认可、推出、介绍《大家庭》的，是《画廊》杂志。那会儿谁能上封面太牛了，我记得还有一个专访，隆重地把《大家庭》推出来了。”

反过来，艺术家也成就了这本杂志。《画廊》杂志从很商业的官方媒体，变成了偏实验性的当代艺术杂志。王友身和王广义都曾换着不同的笔名给黄专撰稿，1994年圣保罗双年展的报道就是王广义用笔名写的。

1996年，黄专邀请王广义、王友身、张晓刚、隋建国等艺术家参加“首届当代艺术学术邀请展”。那是“1989现代艺术大展”后，中国当代艺术界一次重要的总结和盘点。展览虽然中途夭折，但为艺术家颁的奖、给的认可，他们直到现在还念念不忘。

黄专总是在十字路口及时出现，“你会发现他的判断没有失误过”。王友身的印象是，只要黄专一认可，艺术家就特别自信。

推出《大家庭》时，黄专和张晓刚还不是很熟悉。直到2002年，黄专在何香凝美术馆策划“图像就是力量——王广义、张晓刚、方力钧三人展”，友谊才真正开始。黄专只要一到北京，肯定要打电话约大家一起吃饭喝酒。

黄专生前最后一个学术项目，是《张晓刚：作品、文献与研究 1981—2014》，从筹备到完成大概花了三年时间。张晓刚说：“他是批评家里深入了解我的人，所以这么多优秀的批评家学者，我还是愿意选择他来做，他不会为了友谊而出卖学术。有的批评家可能不一定认可我的艺术，只是愿意和成功艺术家合作，仅此而已，还有人可能觉得算是某种机会。”

2013年开始，黄专就想为张晓刚在OCAT办展，呈现方式是复原工作室。他认为张晓刚代表了一类艺术家的工作方法和思维特色，属于中国现代主义艺术家中比较有代表性的一位。但这个展览没能实现。

张晓刚回忆：“我还参加过黄专策划的几个群展、文献展、画廊群展，‘柏拉图和他的七种精灵’是他特意让我参加的。但是他说这个展览没有绘画，不许我用绘画来参加，这就催生了我的图片作品‘描述’系列。”

向京
你的身体
270cm × 160cm × 150cm
玻璃钢着色
2005
图/OCAT深圳馆提供

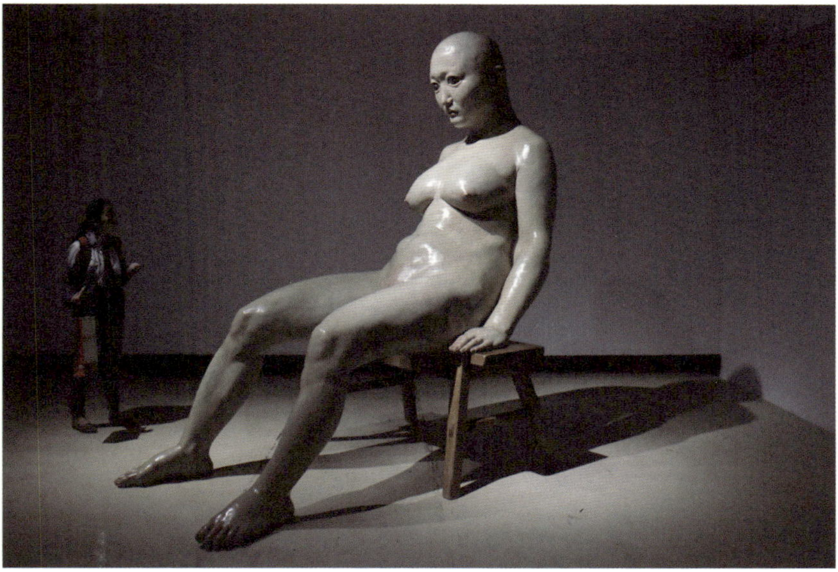

4

50后艺术家，是黄专心目中不可替代的一代人

当市场成为最大乃至唯一有效的声音，全球当代艺术的面貌都发生了很大的变化。黄专跟主流一直保持距离，他不同意很多流行的做法，不断申述学者的能力有限，主张对一代人的历史的研究、对景观保持警惕。黄专认为，中国当代艺术最重要的是自我认定。拿别人的系统往自己身上套是很大的问题，如果别人把你扔到筐子外面你就什么都不是了。

20世纪80年代末在武汉参与编辑《美术思潮》，90年代初到广州美院任教及编辑《画廊》杂志，1997年任职深圳何香凝美术馆策划人，2005年接手OCAT当代艺术中心，最后建立OCAT馆群，筹备北京分馆。黄专办展览，运营机构，做文献与出版，利用有限的预算积极工作。

他之所以成为中国当代艺术现场最敏锐的在场者，起作用的除了他的立场、行动和著作，更是他的个性。谷底或天价，他目光所追随的，都是同一群人的成长。

1999年，黄专主持策划“平衡的生存：第二届深圳当代雕塑艺术展”，邀请隋建国参展。这一次合作，促成了隋建国的代表作“中国制造”系列的诞生和走红。

“画册都快要印刷了，我才想明白了要做恐龙，但是那个时候作品来不及放大，我就用恐龙玩具直接拍照发过去，所以那个画册上的作品图是小恐龙玩具。后来

我到深圳，黄专还专门请梁钜辉带我去东莞的玩具加工厂考察。”

2007年上海浦江华侨城公共艺术计划开启，黄专邀请隋建国一起参与，又催生了《偏离17.5度》这件将贯穿艺术家余生的公共作品。隋建国对这个项目倾注了很多期待：“浦江计划我是希望能一直继续下去，在这件事上我的命也不如艺术重要。”

50后艺术家是中国当代艺术的第一代，是生于1958年的黄专心目中不可替代的一代人。他们从零开始，之前中国是没有当代艺术的，也没有人进入当代艺术的国际循环。

这些好朋友，是黄专每次飞到北京都要张罗见面的，这也是他热爱北京的重要原因。王友身说：“最后的归宿他都计划好了，最后一站北京，有他的图书馆，也有我们这些好朋友。”

北京，始终是黄专的内心城市第一名。王广义很理解他：“他说在北京想见朋友随时就能见到，虽然学术很枯燥，但是想要节日感，随时有节日感。其实黄专也是一个挺复杂的人，他工作起来是严肃的感觉，但是他对肉身的乐趣还是非常向往的。正是基于这两点，他才能与我们结下如此深厚的友谊。”

决定要做这个展览后，王广义在张晓刚工作室注意到一张画——有书、烛光和匍匐的身体。他站着看了半天，说：“我很喜欢这张画，这张画感觉是为黄专画的。”王广义坚持让张晓刚把这张画拿来参展。

从创作时间上来说，这张画是在黄专走之前完成的，但跟他的离开形成了某种氛围上的呼应。“可能是到了一定年龄了，又碰到身边的人一个个走了，我就下意识地画出这幅画来，来重新想一想生死。”张晓刚一直关注死亡主题，但2016年的关注与1984年的关注在本质上是不同的。年轻时他受现代主义理论的影响，认为死亡是一个壮烈的终结、浪漫的悲剧。而现在，他面对的是实实在在的生离死别，更愿意相信生命是一种轮回，这张画传递出的也是这个信息。

“你怕死吗？”

“怕啊，谁不怕死呢？但我努力地想把死亡理解得好一点。毕竟谁也不知道死之后是什么感觉，没有人回来告诉我们。”张晓刚说。

临终前半年，黄专已经淡出了朋友们的视线。但他还会通过电话、微信跟大家交流，还是招牌式的毒舌和笑声，甚至没有停止工作，以至于大家没有觉察出他正遭受病痛的暴击。弥留之际，朋友们才闻讯赶往医院。“他的生命太惨了，太可怜了，他激发了我们所有的悲哀。”张晓刚沉默了。与癌症搏斗十五年，黄专最不愿意的，就是被当作一个可怜人。

2016年春节，黄专正在等待年后的大手术，已经不能正常进食。那段时间HBO（美国家庭影院频道）经常重播《万物理论》，他就守着老电视机一遍遍地看。霍金独白：“在我二十一岁时，我的期望值变成了零。自那以后，一切都变成了额外津贴。”

五十八岁的黄专没有等来他的额外津贴。

“过节去看看《老炮儿》吧，虽然是为我们这代人拍的，主题是血性还在、力不从心。”2016年1月2日，他说。

“闲得重读林语堂的《苏东坡传》。”2016年2月10日，他说。

“等病治好了再想写作。”2016年3月1日，他说。

“死亡只是一种金蝉脱壳。”2016年4月13日，他走了。

隋建国
引力场·白夜
240cm × 120cm × 100cm
海水、石膏
2017
图/OCAT深圳馆提供

1

2

3

4

5

6

7

8

9

10

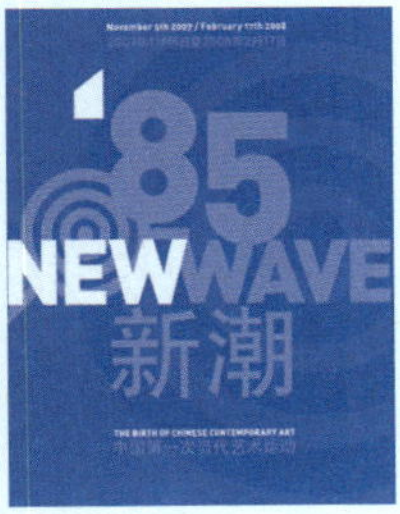

11

1. “星星美展”，北京中国美术馆东侧铁栅栏上，1979
2. “中国现代艺术大展”，北京中国美术馆，1989
3. “首届90年代艺术双年展”，广州中央大酒店展览中心，1992
4. “后89中国新艺术展”，香港艺术中心，1993
5. “第45届威尼斯双年展”主题展“东方之路”单元，意大利国家馆，1993
6. “第22届圣保罗双年展”，巴西圣保罗奇奇洛马塔佐展馆，1994
7. “中国！”，德国波恩当代艺术博物馆，1996
8. “Inside out: New Chinese Art”，纽约P.S.1当代艺术中心，1998
9. “‘海上·上海’：2000年上海双年展”，上海美术馆，2000
10. “首届广州三年展”，广州广东美术馆，2002
11. “'85新潮：中国第一次当代艺术运动”，北京尤伦斯当代艺术中心，2007

22:00

深圳华·美术馆

政纯办
图书馆
150cm × 200cm
彩色照片
2008
图/政纯办提供

中国当代艺术男团庆了个生

夏日傍晚深圳下起大雨。晚上10点，雨渐息了。政纯办的五个男人刚好吃完饭，又集体溜达回华·美术馆，站在路边抬头望着美术馆楼顶的巨大二维码——只要扫一下，手机上就会出现政先生帅气的脸。

五位中国当代艺术家，在四个城市分居，在一个艺术小组合体，“我”供养着“我们”，“我们”滋养着“我”。洪浩、萧昱、宋冬、刘建华、冷林（按身高排列），十二年来相聚于政纯办——政治纯形式办公室。2017年7月16日，他们相聚于深圳华·美术馆，“用我们的红包，换你喜欢的蓝色”。

与展览同题的新作延续了政纯办对集体的思考，他们将发红包视为集体中互相激荡的现象，类似小时候玩丢手绢一样。展厅中，用红包换来的上千件蓝色私物从地面延伸至天花板，是真正的“一蓝激起千层蓝”。

这是政纯办第九个个展，第N次集体生活。2005年，政纯办的第一个展览叫“只有一面墙”。其后五个人组成了一个集体，时常一起吃饭、聊天、旅行、工作，并由此不断生发出想法、作品和情谊。十二年后，他们集体创作的十一件（组）作品占据了华·美术馆的三层展厅，不变的仍然是最纯净的“政纯蓝”。

宋冬说：“我们是为了纯形式而工作的人，政纯办是五个人在一起慢慢形成的精神产物。我们不用天天在一起，但老不在一起又想在一起。为什么到深圳来做展览？除了华·美术馆对政纯办的认同，除了深圳是桥头堡，还有一个原因是萧昱住在深圳，冷林住在香港。”

刘建华回忆小组的交往说：“三四年前他们四个都还在北京，基本上是我从上海去北京多。约一下大家都在的话，我就会去。有展览就讨论一下方案，没展览也要聚一下。”

2005年政纯办成立时，洪浩、萧昱、冷林都是四十岁，宋冬三十九岁，刘建华四十三岁。在单打独斗的黄金时期，他们偏偏选择组成男团。现在，每个人的年纪都加了一轮。名气大了，房子大了，孩子也大了，在一起的决心却更坚定了。问他们什么时候结束，宋冬说：“除非肉体不在了吧。”

1
首钢、南街村，与一面最蓝的墙

政纯办的故事要从2005年7月16日说起。那天，洪浩、萧昱、宋冬、刘建华、冷林五个人约在北京公社见，摆开五把椅子坐而论道，商量来一次集体创作，做一个展览。

2005年正是中国当代艺术市场的起步年，拍卖热闹，画廊不断冒出来，每个人都在往商业成功的方向走。当时艺术界是极端个人化的，艺术家空前受瞩目、空前自信，每个人都有一套认识艺术的自我体系。在这种情况下，当代艺术能不能有另外一面，能不能踩一脚刹车？

一开始，交流是磕磕巴巴的。冷林笑着说："当时每个人的表达都特别愚蠢，特别没有想象力，也不知道要干什么。"萧昱补充："我们虽然不知道要什么，但是隐隐约约地知道还是要讨论关于集体的问题。"

很快到饭点了，于是大家决定先吃饭。冷林回忆："我记得是在望京吃的，那个店现在已经没了。"一吃饭，绷着的神经就松下来了，席间五个人聊得特别开心，彼此都有找到了组织的感觉，于是决定先过集体生活，看看会发生什么。吃完饭，一群人还不肯散，又到宋冬家的小院接着聊。

作为在集体生活中长大的一代，他们只有在一起才能感到快乐。"那时候小孩都是放养的，都是一群孩子玩角色扮演，快乐只有在集体里才能获得。不像现在有电脑游戏，可以自娱自乐。”洪浩说。

第二天，五个人结伴去了首钢，后来又去了南街村，去看当年学工学农的地方现在变什么样了。在首钢，他们拍下了一面挺脏的湖，湖上有凉亭，有人垂钓——由净化后的废水构成的诗意空间。

回来后，洪浩用电脑将灰色的水处理成一种大家都觉得挺好看的蓝，这面蓝就成为他们第一个展览的内容——一面极简的、纯净的、蓝色的墙。

政纯办的第一个展览“只有一面墙”，就在两个月后开幕了。9月正是北京天气最好的时候，也是展览旺季。听说五个已经有知名度的人合作办展，而且是做同一件作品，大家都感到好奇：洪浩一定是做扫描吗？萧昱一定做狠的东西吗？宋冬是不是跟禅宗有点关系？刘建华是不是做旗袍？冷林是艺术家吗？

结果那天的展览让所有人大跌眼镜。宋冬现在想起来还乐：“大家来了一看就这么一面墙。这到底是什么，又不敢问。就这个啊？真够酷，真够酷。就说点儿这个。”这个展览当然不止是一面墙，它还包括蓝背后的湖、湖所在的首钢、首钢之前的那个夜晚，以及五个人在一起所形成的那个集体。

“第一个展览并不是充分了解之后的选择。大家都以为是即兴的，干一件事就完了。”冷林说。但是展览结束后一起撤展时，五个人决定今后还要在一起。宋冬说：“之前并没说要成立一个小组，但既然大家都恋恋不舍，就说‘干吗不继续？’”

那块蓝色的墙纸被撕下来了，因为有房梁所以缺了一块，这面有缺口的蓝色就成了政纯办的logo。宋冬说：“我们五个人的全部并不是全，大盈若缺，缺一块对我们来说非常重要。”

2
政纯办是什么？政先生是谁？

各自行走江湖时，政纯办的五个人分别是这样的人：

洪浩，毕业于中央美术学院版画系，1988年和2003年分别因摄影参加了法国阿尔勒摄影节，其中1988年那次他只有二十三岁，是当时参加海外大展的最年轻的艺术家。代表作有版画“藏经”系列、摄影作品《雅集》《我的东西》《负部》等。作品被昆士兰美术馆、阿什莫林博物馆、福冈亚洲美术馆、加拿大国家美术馆等数十家国内外机构收藏。

萧昱，毕业于中央美术学院壁画系，2000年获得中国当代艺术大奖，2001年作品入选第四十九届威尼斯双年展主题展。他是20世纪80年代中国最早从事行为艺术实验的艺术家，90年代用胚胎和动物标本嫁接而成的装置作品充满暴力美学。2010年左右他的创作发生了很大的变化，“竹子”系列把恐惧感用一种浪漫和诗意的感觉表达了出来。

宋冬，毕业于首都师范大学美术系，是目前国际上最活跃的中国装置和行为艺术家之一。他是能从过去和日常生活中获得能量的人，将最朴素的物品运用如神。代表作是三部曲《水写日记》《抚摸父亲》《物尽其用》，他曾在纽约现代艺术博物馆、荷兰格罗宁根博物馆和德国杜塞尔多夫美术馆举办个展，参加国际艺术展无数。曾获得2006年韩国光州国际当代艺术双年展大奖、2010年度AAC艺术中国年度艺术家装置新媒体大奖、2012年首届基辅双年展奖、2012年度中国当代艺术权力榜年度艺术家、2014年中国当代艺术奖（CCAA）杰出贡献奖。

刘建华，在景德镇工作和生活了十四年之久，目前是生活于上海的雕塑和装置艺术家。2003年代表中国馆参展威尼斯双年展，2017年入选威尼斯双年展主题展。他的早期作品多以陶瓷作为媒介，通过陶瓷坚硬与脆弱并存的特性隐喻现代人对物质的迷恋与不安，近年已逐渐转向综合媒材的利用与试验。代表作有《迷恋的记忆》《日常·易碎》《方》等。

冷林，毕业于中央美术学院美术史系。他在当代艺术领域身兼画廊主、策展人、批评家和艺术家等多种角色，能干会写，对中国当代艺术的处境能通盘把握。1993年至2007年曾任中国社会科学院副教授，2004年创办北京公社，目前是佩斯画廊合伙人兼亚洲总裁。

五个如此不同又各有特长的人凑在一起，都变成了“政先生”的一部分。

2007年，政纯办创作了“政先生”，方法来自萧昱80

政先生
120cm × 155.7cm
彩色照片
2007
图/政纯办提供

年代的一组影像作品，由每个人的局部合成小组的整体形象。“左边的眼睛、眉毛是洪浩的，右边的是刘建华的，鼻子是萧昱的，嘴和下巴是宋冬的，轮廓和耳朵是冷林的。”洪浩说，“我拼过好几个版本，目前这版是最好看的。”

这幅肖像不仅是政纯办的肖像，也是他们工作方法的图解。萧昱说：“五个人的观点总有一致的时候，我们把这部分特别拿出来，作为政纯办的作品。考虑到小组的共识，做出来的作品和个人作品区别很大，因为你在小组里的思考被置换了。我们不探讨我们的风格是什么、符号是什么，我们讨论的问题很清楚，就是在群体里我变成了什么样。”

从'85美术运动直到今天，中国当代艺术领域的群体、社团、小组层出不穷，尤其年轻人，特别喜欢抱团取暖，集体亮相，合力施展激情。政纯办和那些团体都不一样：首先，他们在一起时各自都已是成熟个体，有各自的发展方向；其次，别人在一起是为了更有力、更有利，而他们在一起是为了精神交流，为了更快乐；最后也是最重要的，政纯办没有核心人物，没有利益之争，最大的共识是不求共识。

萧昱说：“我们想避开传统的小组，比如乐队、艺术群体。因为他们在组织上有一点是最要命的，就是有核心。如果核心人物出了问题，小组可能就会崩塌。比如说列侬的乐队，他遇刺了，乐队就名存实亡了。集体是天然有智慧的，我们有点往这边考虑。最后把这个小组做成一个悬浮物，由每一个人供养，但是又跟每一个人保持距离。”

“其实政纯办非常容易理解，它是‘我’和‘我们’的共同体。大家看不懂只不过是因为用了以往经验的尺子套在我们头上。”宋冬说。从一开始，政纯办的五个人就没有虚妄之想，比如靠小组拔高自己，或者获得什么实际利益。他们甚至从来就不认为政纯办是一个所谓小组，因为是小组就会有组长、副组长等分工，而政纯办的工作方式是谁擅长谁就去做，五个人都是付出型人格。

2017年7月11日上午，他们去世界之窗拍工作照，洪浩和宋冬是做影像的，很自然就走到大太阳底下查看设备。等到下午在展厅布展，刘建华对材料熟悉些，和工作人员交流就多些。面对媒体时，由思路敏捷的萧昱主聊。找赞助的事，冷林就会多做一点。

有政纯办以前，宋冬觉得谈奉献有点装，但是有政纯办以后，他切身地感受到了另外四个人给他的能量，感知到了“我”之外更大的部分的吸引力。“原来我可不愿意开会了，觉得占用我个人时间。但是政纯办一说开会商量点儿事，我就很积极。”

洪浩说：“在一起必然会有个人与集体的关系，我们会去体会这个关系——在这个集体里个人是被发挥了、削弱了还是消解了。其实在政纯办，通过集体，个人反而被张扬了，把你的另一面开凿出来了。”

有人说政纯办的五个人都是老好人，萧昱回应：“老好人就对了，我们就是要避开有领袖气质的人。”

3
为什么非要在一起?

冷林实在受不了了，非要搬出去住。

2014年冬天，政纯办到纽约办展览，五个人借住在美国策展人杜伯贞家。洪浩和刘建华睡一屋，冷林跟萧昱、宋冬睡一屋，这俩人天天晚上打鼾，吵得冷林根本睡不着，于是他搬到酒店去住。

宋冬说："我们在一起的时候总是睡得很晚，一直在笑，说话也没遮拦。在纽约我们完全可以找人做饭，也可以到外面去吃，但大家一起做，那是完全不一样的。"

冷林搬到酒店以后，五个人每天晚上一起待到一两点，然后结伴把冷林送到酒店去，剩下的四个人再搭帮回来。宋冬说："我们就分不开嘛，五个人得在一起。让他自己一个人回去，他得多闷得慌。"

都是五十多岁的人了，为什么还要过集体生活，还非要在一起?

"大家纠缠在一起，互相影响，但是很快乐。"萧昱说，"每次一聚会我们就很兴奋，连讨论房价都有可能兴致很高，这是集体的实践，我们会沉浸在里面。聚会就会产生很多消费痕迹，我们就把那些票据直接做成墙纸了。世界上只有我们这群人有可能去探讨个人和集体之间的关系，在其他地方、其他年龄段可能很难觉得这是很重要的矛盾。"

2014年在纽约皇后美术馆举办的个展“政治纯形式”以及在时代广场实施的作品“做同一件好事”，成了当时纽约城中的热门事件，是政纯办史上的一次小高潮。那次亮相之后，柏林双年展向他们发出了邀请。五个人很兴奋，出了一个大方案，但由于计划太庞大而没通过。他们也无所谓，就让它算了。“那我们也高兴，要参加了柏林双年展，全世界不就都知道了嘛。”冷林说。

很多人问政纯办为什么不吸纳女性，那是因为政纯办不是经营的结果，而是一个自然而然形成的共同体。如刘建华所言：“我们这几个人都是60年代生人，小时候对集体的感受，今天对社会的理解，很多时候是相通的。”这正是他们在一起的基础。

十二年了，政纯办变了。几年前五个人想再合成一张政先生像，发觉精气神都下降了，就放弃了。原先五个人里有四个在北京，现在分散在北京、上海、深圳、香港，还有一个经常在国外做项目。五个人分居四地，聚在一起的机会不像原来那么多了。但是因为有了微信群，大家又好像随时随地都可以交流。

“政纯办的作品和展览，只是政纯办的一个侧面。主要的是我们五个人的存在。十二年了，这些人还互相不烦，还能在一起，本身就意味着某种事情的发生。”宋冬说。

“若干年后我们可能做不动展览了，但五个人还在。”刘建华说。●

1

2

3

1. 北方艺术群体:
王广义
任戬
舒群
刘彦

2. 西南艺术研究群体:
毛旭辉
张晓刚
叶永青
潘德海
侯文怡
唐志冈 等

3. 池社:
张培力
耿建翌
宋陵 等

4. 厦门达达:
黄永砯
林春
林嘉华
蔡立雄
焦耀明
俞晓刚 等

5. 新刻度小组:
王鲁炎
陈少平
顾德新

6. 大尾象工作组:
陈劭雄
梁钜辉
林一林
徐坦 等

清单　还有过这些艺术团体，但都单飞了

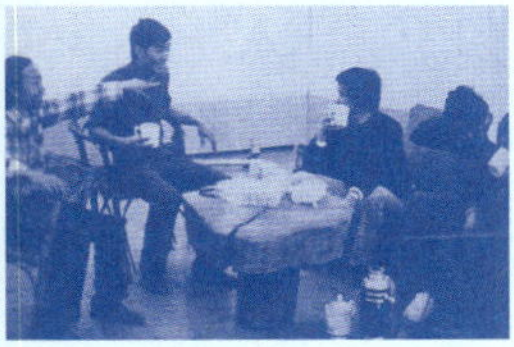

4

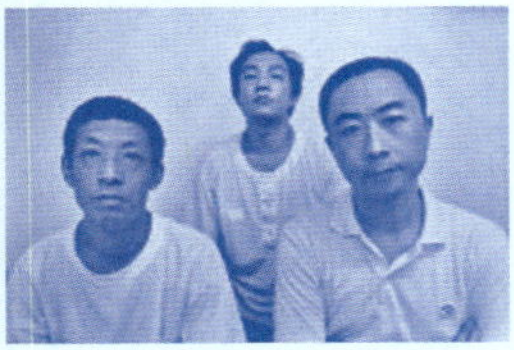

5

6

23:00

北京花家地美术馆

王璜生

门前风景雨来佳

70cm × 70cm

纸本水墨

1996

图/王璜生工作室提供

馆长在布展

通往办公区的门经常没有关严，一推就开，可是王璜生进出时还是习惯性地每次都先刷门卡。在中央美术学院美术馆（CAFAM），他是规矩的制定者，也是身体力行者。

2012年4月7日晚上11点，他带着“CAFAM未来展”的策展团队和美术馆工作人员最后一次调整布展。想到怎么弄，马上就上去搬，也不管画多大。

他走路快，吃饭快，做事也果断，唯有说话因为潮汕口音快不了。他像宫崎骏笔下的移动城堡，体内有一团不会熄灭的火焰，喷着气在美术馆上上下下忙碌，制造出各种动静。“如果我选定了一件事要做，就一定要将这件事做成。”

2009年7月调到北京工作，家人朋友都反对，但他不管不顾，一阵风似的就来了。待得再舒服的地方也不是终点，做得再顺手的事也不是唯一的事。他一直在往前走，用三年时间，让一所大学美术馆获得全国声名，变得更有活力，更有影响力。

1

忙起来，馆长办公室起码有三四拨人在等着他处理各种事

2012年5月最后一个星期，央美美术馆有四个展览同时进行，2012届研究生正在答辩，他的个展“后雅兴”进入最后筹备阶段，文辑《王璜生：美术馆的台前幕后》中的第一本《作为知识生产的美术馆》也即将出版。除此之外，还有无数要他参加的会议、签字的合同、过目的文稿、接待的客人……也不知是有意还是无意，王璜生总是将几件事同时铺开推进，好像这样做能爆发出更大的能量似的。

谈到王璜生在北京三年的表现，将他作为人才调来央美美术馆的时任中央美院院长潘公凯用了六个字：“果然不负众望。”

王璜生的办公室就是他的工作室。办公桌背后的墙上贴着员工通讯录，两份2012年度展览计划表——每份都用笔密密麻麻添了好些内容，一封来自央美老先生钟涵的长信，一份图片PS教程，还有一张写明“亚麻布展墙、钢、木数量”的A4纸。

占据了一面墙的书架上以工具书和画册居多，平时很少翻动。最近看的书报杂志高高地堆在被四面沙发围住的方几上，看起来岌岌可危，就连他平日午休的沙发，也有一半被纸书占着。

与书架相对的矮柜边整整齐齐放着各种寄来的书籍

杂志，数量足可以填满书架的三分之二。“这些杂志很有用，积累下来可以变成我们馆的资料室。”

他是嗜茶如命的潮汕人，办公室却没有一套完整的茶具，只有一把小壶配半打纸杯。日常事务轮番来轰炸，似乎永远也忙不完，他干脆痛痛快快地彻底投入。

忙起来，馆长办公室起码有三四拨人在等着他处理各种事。他几乎不在办公桌后坐着，而是站在办公室当中，以便照应到屋里所有人，这迫使来找他的人也只能站着。

当他离开，来找他办事的人也都跟了出去了。办公室的两部座机此起彼伏地一直响，隔了好久才安静下来。

2
他干得更多的是艺术推手和艺术召集人的活儿

艺术的了不起之处在于，与它不期而遇就会被它改变。美术馆专门制造各种与艺术的不期而遇，而王璜生的工作就是尽可能地提高这些不期而遇的质量。

谁都不可能脱离美术馆说清王璜生。在艺术圈，他做过理论工作者、职业画家，但美术馆馆长的身份真正使他立住了。在繁荣的当代艺术市场，王璜生是重要的在场者，他干得更多的是艺术推手和艺术召集人的活儿。

他最重要的作品就是1997年至2009年在广东美术馆十二年间所进行的知识生产，他组织策划的“广州三年展”“中国人本——纪实在当代大型摄影展”“广州摄影双年展”等展览，让公众欣赏到当代最好的艺术，使广东的艺术界更有人气和活力，也推出了他自己。

2009年7月王璜生任馆长之后，央美美术馆先后举办了“意大利乌菲齐博物馆珍藏展”“王式廓百年纪念展”“超有机——CAFAM泛主题展2011”“瓦尔达回顾展”等精彩展览，不间断地为北京端上艺术大餐，迅速跻身一线美术馆行列。他还着手整理馆藏，创办《大学与美术馆》，编写美术馆年鉴，推出“数字美术馆”等。

2008年第一次来参观央美美术馆，王璜生就喜欢上了这里。“这个空间特别适合做当代，可以有很多的可能性。”所有的可能性都需要资金支持，但学院背景决定了央美美术馆很难与商业机构达成一致。

“很多美术馆可能是不缺钱，但是我们用于专业的钱确实是非常少。今年尤其是困难重重，几个项目都没有找到赞助。”美术馆缺钱，原因是王璜生不让步，他不愿拿艺术家和艺术品当筹码，更不愿出让美术馆独立自主地说一件事的权力。

“很多事不是等条件充分了才去做，而是应该做就去做。所以必须有两套架构：有钱有有钱的做法，没钱有没钱的做法。万一我找不到钱，照样能做得漂漂亮亮，如果找到钱，那就做得更好、更夸张。”

3
“我其实也画了很多没意思的东西”

王璜生几乎没犹豫，就把个展的名字定为“后雅兴”。“我对当代艺术的判断、介入与推进是因为我读美术馆专业，具有理性思考的能力。但是从情感上来说，我往往对传统的、典雅的东西更有感觉。”

尹吉男也说，王璜生的非职业艺术创作状态，与古代的“文人画”有些相像。

小时候学画，作为画家的父亲王兰若一直鼓励王璜生：“画画多好啊，你画春天，春天就来了，你画秋天，秋天也来了。”这是他接受的最早的艺术启蒙，很不切实际、很浪漫。

画画的王璜生，跟做馆长的王璜生完全不在一个频道，以至于他在两种状态之间进行切换时会遇到困难。“画画需要有一段相对稳定的时间进入状态，开始画时几乎每一张都好。但是我这么多年都是又忙又纠结，有时想画没时间画，有时因为焦虑画不出来，有时画了感觉手很生。”

“其实我挺不满自己画‘悠然’什么的。我读过美术史，也在这个行业里混，一看就知道哪些有意思哪些没意思，我其实也画了很多没意思的东西。”王璜生说。

在寻找有意思的东西的过程中，他画过拓印的东西，画过抽象的东西，去西藏回来也画过一些很单纯的东西，但是都没觉得特别有意思。

到北京之后，他承袭自父亲的浪漫基因被北方变换的四季景象所激发，那些落在院子里的花叶、黄沙、秋雨和霜雪都触动着他，促使他开始新的创作。后来他在宣纸上圈点，画下抽象的线条，这才重新觉得有意思起来，有了“游·象”系列。

王璜生到央美美术馆没多久，第一次组织聚会就喝醉了。“偶尔喝过量挺开心的。在广东馆的时候，每一次春节前的聚餐我都是喝醉的。”

在广东美术馆十二年，他与馆里的员工达成了默契：“我抓哪几个点，他们都知道，也基本能将它做出来。”

在北京，王璜生展开工作时选择的余地多了很多，好的选题、好的课题、好的展览源源不断，关键是选择什么深入下去。“如果我有某种焦虑的话，就是有时觉得力不从心，觉得自己没能跟周围的人有效配合，将事情做得更纵深。”

他很清楚，谁也不能凭一己之力做完所有事。必须要一个团队互相配合，才能将一件事做得相对到位，而这需要不短的时间去培养。

中央美院的校园中间有一片草地，5月底临近毕业，学生在那办起跳蚤市场。中午在学生食堂吃完饭，王璜生就坐在草地上抽烟、晒太阳、听待售的CD，这是他感到特别愉快的时刻。

即使画卖得更贵，住更大的房子，享用更好的美食，他可能也不会比现在更快乐。“我不会把自己的年龄、身份看得很重。凡事自在一点、快乐一点，时间对我来讲很重要。”●

王璜生
游·象
120cm × 120cm
纸本水墨
2011
图/王璜生工作室提供

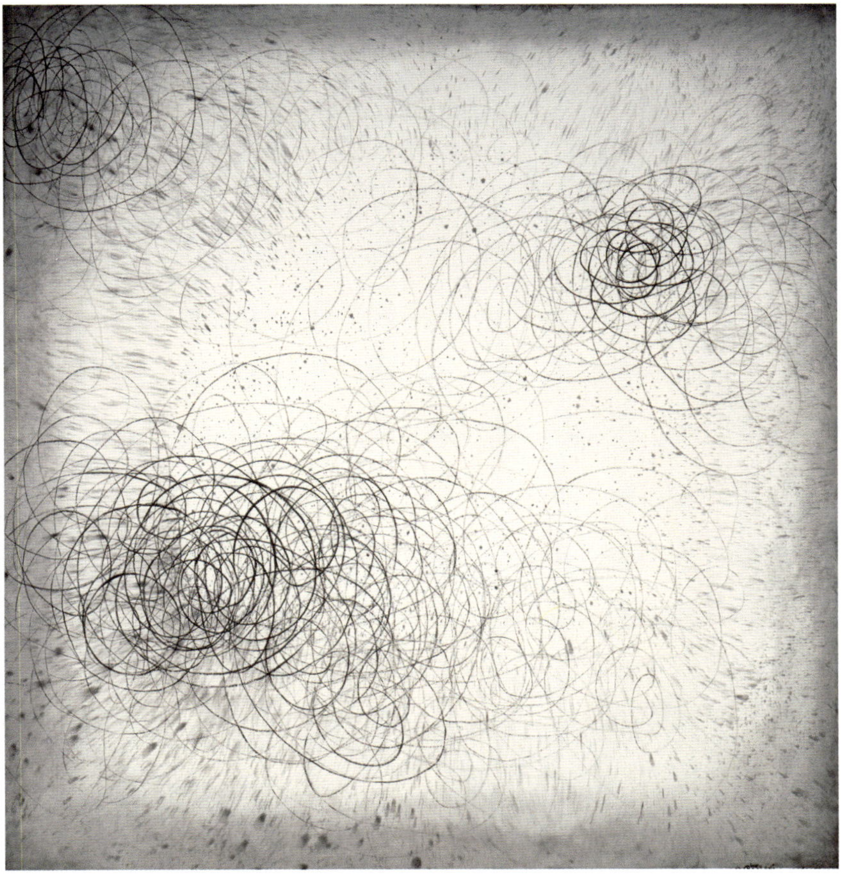

1

2

3

4

5

清单　美术馆的标准动作

美术馆可不是只有展览，还需要举办讲座、开放图书馆、进行公共教育、招募驻馆艺术家、出版文献、开发衍生品、开设分馆。最近又开始提供馆内免费Wi-Fi和AR导览。

对了，目前国内大部分公立美术馆是免费开放的。不收门票后，新的潮流是会员制。你准备好升级为“美术馆之友”了吗？

1. 讲座　黑龙江省美术馆讲座
2. 出版物　以OCAT出版为主体的思考
3. 衍生品　梵高马克杯
4. 分馆　卢浮宫阿布扎比分馆
5. 公共教育　广东省博物馆AR导览

大理山水间

叶永青

大鸟

150cm × 150cm

布面丙烯

2002

图/叶永青工作室提供

诗人艺术家一起看世界杯

零点已过，诗人潘洗尘家仍然高朋满座。这天是2014年7月14日，巴西世界杯决赛，阿根廷对德国，大部分人认为阿根廷会赢，包括叶永青。没想到第一百一十二分钟，凭借格策的进球，德国队加时赛1比0击败阿根廷队。在众人失望的嘘声中，又一个大理的夜晚划了过去。

叶永青也起身，准备回家，大理的家。

在大理，叶永青从不安定下来，总是轻手轻脚回来画画，潇潇洒洒出外游逛。他在五座城市有六个工作室，北京两个，大理、昆明、重庆、伦敦各一个。所有画室都很干净，通常只有一瓶墨色和几支眉笔，颜色也不会比少年习画班的小朋友丰富多少。“这些年我练就了一套可以随时开动和因地制宜的工作方式，我的作画工具有时比儿童还简单。”

他的下一个创作计划是：往清迈绕一圈，绕到热带，一直去到塔希提岛，一路写生，写日记，什么有感觉就做什么。这个计划叫“早安高更先生”，向他80年代的偶像高更致敬。

24:00

叶永青

时间的小偷——记忆&碎片

40cm × 50cm × 110张

布面丙烯

2010—2014

图/叶永青工作室提供

1
他的心一直在东西方之间摇摆

叶永青的2014年是从一百一十张小画开始的。

“时间的小偷”是美国作家东尼·席勒曼的小说名，用作展览名是叶永青的庆幸和自况。“只有画家是一个幸运者，是能够偷一点时间的人，能够从岁月里打捞出一点记忆，打捞出一点片段。”

这些小画断断续续而来，是叶永青在大块创作和应付展览间隙偶然留心的产物。在上海龙门雅集的展览开幕式上，画廊女主人李亚俐表示：“这些画是一个整体，不拆开来卖。”

尽管如此，观众还是免不了在心里掂量自己到底喜欢哪一幅。但对叶永青来说，一百一十张画之间大有关联，少了哪一个片段也不成。“这种关联就是这四年的时代氛围，是我在不确定性和末世情绪中遇到的各种各样的小感触。”

在2012年末日传言最兴盛的时候，很多人移居到大理。他们买房子、挖地道、储存粮食，准备真的发生危险了就出来普度众生。“那段时间每天早上4点钟就有很多人起来敲木鱼念经。”就在这种慌乱之中，叶永青做了时间的小偷。

在前几年展览、美术馆和艺术区的扩张中，人们看到的是最大的作品和市场的涨潮。虽然如此，艺术家其实一直都在悄无声息地做着另外的东西，比如方力钧走到哪里都在不间断地画水墨，叶永青也有很多画在东巴纸上的手稿和涂鸦。这些小画以前被热钱和粉丝遮蔽掉了，在潮落时才显现出来。

2013年，叶永青在崔各庄的工作室被拆，他不得不把北京的小画全部打包寄到大理。“有一部分画完了，有一部分没画完，因为我经常是一边工作一边进行比较。到大理以后，我可能会比较集中地画一批小画。”

中国文人画的题材相近，基本上是山水、花鸟、人物三大类，这一类东西也最能激发出中国人的感觉。在龙门雅集的个展上，藏家总是第一眼就看上他过去创作的金孔雀与米山水。

叶永青却不想总是提供不出错的美。

他有文人气，也熟悉西方绘画的根底，在他笔下两者和谐相处，一切皆可入画。世人随手拍，而他随手画。表面像开玩笑，但其实是很认真地在经营一些意料之外的事。

他的画很轻盈，尤其是这一百一十张小画，跟现实咬合得不是那么紧，总是跳出一点，理想化一点，清新一点。看这些画，像翻阅他的微信朋友圈，他去了哪儿，见了谁，想了什么，都有迹可循。

但就算是中国画家里最松弛洒脱的一个，他仍知自己拘谨。1997年开始，叶永青在基金会赞助下每年去伦敦工作三个月，在国外生活了一段时间后他发现，中国人始终被文化和社会捆绑着。

叶永青努力从捆绑中寻找自由。如今他的创作逐渐清晰起来，一方面用很西方的涂鸦方式来表现中国绘画的题材和图式，另一方面用中国式的涂写来画表现主义架构的绘画。

你可以说他是在画画，也可以说他是在写心，而他的心就一直在东西方之间摇摆。他有点善变，但这就是这个时代中国艺术家的真实处境。

2
“你这种人就像PVC管的弯头一样，到哪里都可以接上”

2008年，叶永青因为奥运移居北京，并被首都的人迷住了。“我认识的最有意思的朋友都是在北京，最好玩的人也都在北京。”

但是这几年，他开始觉得北京没有营养了。艺术家只是在一个很狭窄的管道里生存，这根管道简单地说就叫“展览”，大家为展览而劳作，为展览而相聚。艺术圈不产出新东西，也没有新面孔。“老朋友都特别熟了，熟得像有亲情，基本上一招一式一举一动都能预判出来，话题也全是重复的。”

这时候，白羊座贪新厌旧的本能就会跳出来，烦恼出来了，痛苦也出来了。他开始强烈地想去一个新的地方。

大理打开了一片新天地。虽然到大理的人各有目的，但英雄不问来处。大家在一起，对彼此的判断是看对方有没有意思，绝口不提自己为稻粱谋的那些事，人性的可爱之处会被看见多一点。

大理让叶永青觉得新鲜，那么多新居民以各种各样的理由涌来，这些人还有满身的能量。唐志冈去了大理就怒了，他不喜欢这些人，觉得他们每个都雀神怪鸟（云南方言，指怪诞离奇）。“只有叶帅你这种人可以和他们打交道，”唐志冈说，“你这种人就像PVC管的弯头一样，到哪里都可以接上。”

一方面叶永青是万金油式的人物，另一方面他最崇拜的一句话是“为而不有”。初到大理时，他与太太约定什么事都不做了，就在那儿休息。但后来还是忍不住，把四川美院的乡村田野调查课拿到大理去上。2013年开始，还和张杨、奚志农组织了大理下午茶。

叶永青把这些作为理解为自救而不是济世。改善自己周围的环境，相当于在自己的小空间里打扫一下卫生。

“大理给我一个新的视觉，这个视觉是一种业余者的眼光。”叶永青说。各种有意思的人经过大理，叶永青就约他们喝茶聊天，使雁过留痕。而他自己，有时坐在音乐边上，有时坐在诗歌边上，有时坐在仁波切边上，有时也坐在社会割裂的圈层边上。

3
他仍是一根有匹夫之勇的痛感神经

“要做一根神经，首先是你不要先把自己当成一个群体的代表，而是回到个体，回到真正的生命。但是现在很多人可能是不敢单独出门的。”

叶永青仍是一根有匹夫之勇的痛感神经。

“在这个时代，只有艺术这个行业才可能产生真正的匹夫之勇，因为你就是你个人，不需要太大的团队。但现在因为资本和许多其他的东西，每个艺术家其实就是一个公司了。”叶永青独自走来走去，也是在逃避成为一间艺术公司。

中学毕业那年，叶永青差点儿进旅游局宾馆当服务员。如果当时没考上大学，他很可能最后会变成一个导游。“如果我做导游一定是很有才能的。在云南我义务做了多年的导游，有七块高尔夫球场是我带着人去投资修的。”

20世纪90年代，叶永青开始了单枪匹马的游历，每次回重庆总是带回很多信息，川美老师给他起了个外号叫“侦察英雄”。各种趣闻轶事，由他讲出来就变得特别有趣。张晓刚戏称叶太太甫立亚嫁了两次——过去腼腆没话，后来口若悬河。

现在，见多识广的“侦察英雄”回到了大理。

“虽然大理是那么小的一个地方，但真的是风云际会。各行各业有意思的人群，有的在那儿居住，有的从那儿经过。那儿有中国其他城市没有的情况，是另外一种繁荣。这种繁荣实际上是思想和知识的汇集，也发生了很多有意思的改变。”叶永青说。

很多人觉得他是在过着一种告老还乡的生活，只有叶

永青自己不这么觉得："我承认我是返乡生活，但是我从来没有觉得大理就是归宿。我还是喜欢新的东西。"●

1

2

3

4

清单 四个当代艺术新据点

1. 大理：本是一个歇着的地方，因为来了太多当代艺术家，有了大把时光，也有了艺术区，有了工作氛围。

2. 景德镇：常住人口一百六十五万（2016年的数据）的景德镇有十万陶瓷从业者、两万多“景漂”，他们给传统陶瓷工艺带来了新的可能性。

3. 乌镇：定期举办的“乌镇国际当代艺术邀请展”及长期开放的木心美术馆，使乌镇不仅是一个风景旅游区，更有希望成为一个文艺青年扎堆的艺术胜地。

4. 安仁古镇：已经拥有刘文彩庄园和建川博物馆聚落两大看点的博物馆小镇，2017年聚齐一百四十多位艺术家，借助“安仁双年展”为古镇加入当代艺术元素。

1:00

上海外滩三号

徐冰

地书

2003年至今

图/徐冰工作室提供

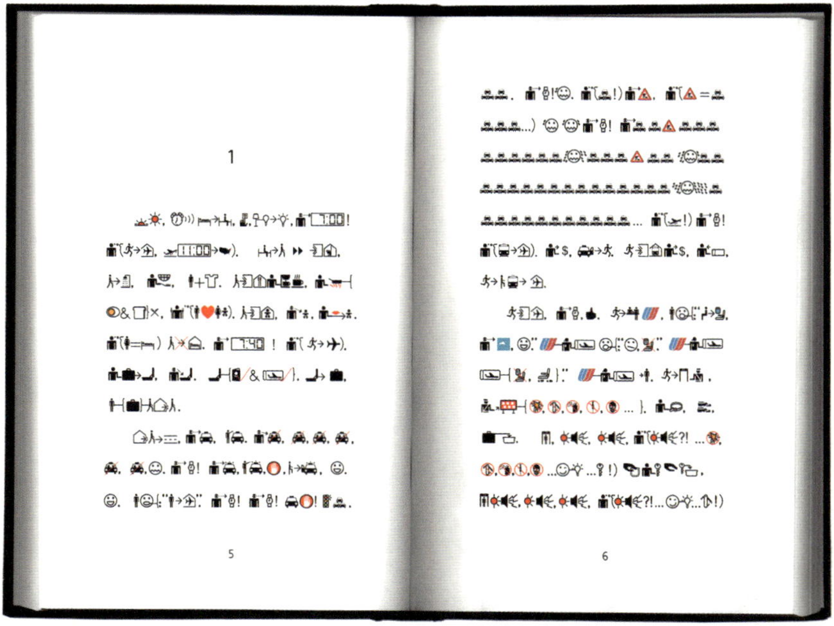

《天书》之后写《地书》

为了《地书》，徐冰九年没停过材料搜集，不断推敲调整直至第七个版本，出版前四个月还在夜以继日地修改。从2003年看到那张“三个图标讲清一件事”的口香糖包装纸开始，他就没放开“用图形符号叙述一个完整故事”的念头，并把它落实成了一套当代象形系统、一本没有文字的读物、一种超越地域的交流方式、一个可以自然繁衍的艺术项目。

“作品的命运取决于制作过程的态度，假戏真做到了不可思议的地步，艺术的力度就会出现。”徐冰曾用这句话来解释《天书》，如今用在《地书》上也合适。

2012年4月21日凌晨1点，“徐冰个展：地书”开幕前夜，上海突然下起大雨，风也吹得紧。在外滩三号楼下排队等出租车的派对动物，个个冻得牙齿打战。

三楼的沪申画廊空旷安静，徐冰站在两个美国人——助手杰西和画廊总监马修中间，打量复制了一大半的地书工作室。“墙上的草图有多少内容是重复的？”他眯着眼睛看了一会儿之后问道。声音听起来有点累，但并没有停止整理桌上的文具和纸张。

外滩每天都在上演各种故事，徐冰想让这些故事也“走进”《地书》里。“明天这里会用投影播放一个动画，”徐冰指着可以看到外滩的窗口说，“动画和窗外的景色结合起来，很多图标小人走来走去，和外面的人一样，他们都是有故事的。”

雨越下越大，外滩也熄了灯。楼下发生一起事故，阻碍了交通，有人一直把车喇叭摁得嘟嘟响。徐冰搬把椅子坐下来，指导助手调整《地书》堆成的巴别塔，没看一眼窗外。

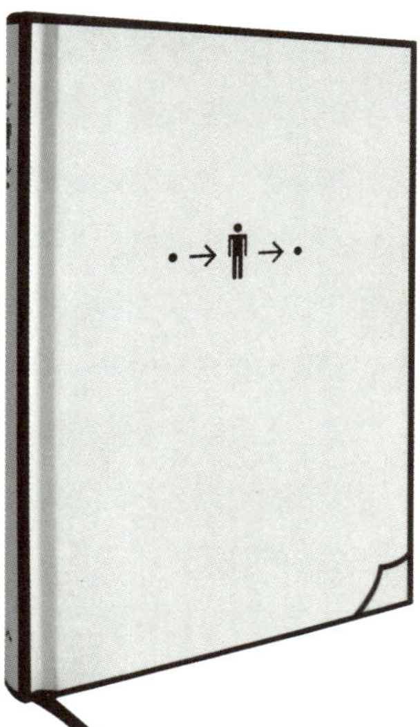

徐冰
地书
2003年至今
图/徐冰工作室提供

1
他写了一本任何人都能读懂的书

《地书》讲的是“黑先生的故事”，孩子们一看就懂了：“就是一个男的想找一个女的。”得到这句童趣总结，徐冰高兴了好几天。

书的可读性一方面来自故事，读者看到一个集白领日常遭遇之大成的有趣故事；另一方面来自它没有一个字的形式：那些我们熟悉的、可爱的小图标组合在一起，竟然可以表达这么丰富的意思，譬如喜怒哀乐、吃喝拉撒、生老病死、友情爱情等。

有人说徐冰向90后学起了火星文，他回应道：“我想向世界提交一本书，一定是任何人都能读懂的，对它的识读能力取决于读者介入当代生活的程度。”他还希望有朝一日《地书》变成实用工具，成为异文化交流的桥梁，说不定还会出现地书作家。

地书工作室原本是徐冰工作室的一块区域，那里时常一地纸屑，电脑剪切和剪刀剪切同时使用，理科男和文科男通力合作。为了《地书》，徐冰和他的助手们在那里熬夜超过一百次，一起讨论、排版、编程、喝咖啡、打瞌睡。徐冰出差多，但即使深夜降落首都机场，他也总是首先一头扎进地书工作室，先看进度再回家。

2012年1月，徐冰敲定在上海进行《地书》在中国大陆的首发，考察过沪申画廊一千两百平方米的场地后，他决定把在北京的地书工作室复制到上海。

此前，地书工作室在台北诚品画廊也展出过。打了几个回合的交道下来，诚品的画廊小姐们私下给他取了个外号叫作“徐白白”——墙面要白色的，亚麻布要白色的，画框要白色的，一切都要白色的。

“白色是最不容易出错的，你很难控制别人和你想的一样，所以就选最基本、最保险的。”徐冰解释道。话虽这么说，还是看得出他的完美主义倾向。

刚搬到纽约时，他曾为了布展七天七夜没睡。“做事情还是要非常认真，否则这件事就没劲。就像谈恋爱，你假谈有什么劲？最后还弄得你很累。”

2
这个时代有点糙

头脑清醒的徐冰，是从混乱中走过来的。

“80年代我最大的体会就是，不知道该怎么画画，怎么搞艺术。”

那些年当代艺术风起云涌，锋芒人物都在地方，央美被认为是不前卫的。在同时代其他出色艺术家的履历里，你可以读出群体、酒、彻夜谈话的痕迹，但是在徐冰通往徐冰的路上，似乎只有埋头刻字的光阴。他说自己属于比较迟缓的，谈到80年代的养料，用了一个词叫“间离感”。

徐冰
天书
美国纽约
1999
图/徐冰工作室提供

徐冰
析世鉴——天书
木刻装置
1988
图/徐冰工作室提供

徐冰
烟草计划
2004
“这是在杜克大学，我正往烟书上放烟虫，本来计划是展览期间，这本书被吃成碎片。”
图/徐冰工作室提供

失语的徐冰两眼一抹黑，乱七八糟地画一堆墨团，乱七八糟地读一些书，乱七八糟地参加一些活动。就在这样的状态下，竟然做出了《天书》。“艺术的事情非常复杂。”徐冰感慨道，“你头头是道的时候，反而未必能做出好东西。”

1988年，徐冰在中国美术馆做了展览“徐冰版画艺术展：析世鉴——世纪末卷”，同时展出的还有“吕胜中剪纸艺术展”。这两个人的亮相被公认是“新潮美术的转折点”。

当时'85美术新潮已经开始疲软，表面的东西该尝试的都尝试了，思维上也没有动力了，再没有新的东西出来。徐冰的《天书》，提供了一种崭新的中国方式，并把这种方式从平面绘画发展成空间装置。

“1988年的展览有一个提示，提示我们怎么样用中国传统智慧和文化，用我们真正的资源来制作当代艺术。”徐冰说。

1990年接受美国威斯康星大学的邀请移居美国后，徐冰的人生就彻底转换了，对此他说：“那当然是有点儿波澜壮阔的感觉，就被卷入了全球化。”

虽然成为海外“四大金刚”之一，中国人内在的根性对徐冰来说却一直很重要。在他看来，那些流传到今天的经典，都是一种出自民族性的自然选择，是一种价值观的物化。

“人类居然可以搞出像中国书法这样的东西。”徐冰赞叹道。

在美国生活了十八年之后，2008年，徐冰回到了北京。

但回国后，他却实实在在地感受到了当下中国人做事的粗糙和急躁。“如果你非常细致认真地去做一件事，可能是做不成的，‘凤凰’为什么最后是这个结局？是因为甲方要求三个月就完成，可是我做了两年，所以最后就没有挂到它原本要挂的地方。”

谈到粗糙的原因，徐冰说：“现在的中国非常开放，一下给你很多空间，与过去反差实在是太大了。中国人在经历这些现实时被震懵了，在伸缩之间，不知道该怎么面对。为什么中国有这么多故事还没有好的文学？就是因为我们还没有找到一种语汇，还没有醒过味来。”

很多中国人模仿西方人说话和做艺术的方式，但是那套东西还不够来说清这么剧烈变化的现实，于是大家就失语了。失语的同时又激发出能量——不知道该怎么说，但是又可以说很多很多。

3
一个又聪明又老实的人

就生活细节来说，徐冰是半脱线状态的，他没有方位感，搞不定新买的手机，总是被各种事情逼得快来不及了。而就对社会的观察而言，徐冰又是满血状态的。他极其敏感，作品时而理性，时而文艺，时而当代，时而古典，时而原始，时而又极富设计感。他所从事的一切事情，严格地说，不是艺术的产物，而是一种综合智慧的产物。

很难用一种风格来概括徐冰的艺术。“我的每一件作品都和过去有点不一样，表面形式不是很稳定，不像有的艺术家一直保持一个比较固定的符号。”他说道。

不变的是，他一直在服文字役。

20世纪70年代，他在收粮沟插队时用蜡纸刻印刊物《烂漫山花》；1987年，他独在斗室汗流浃背地刻制了四千多个没人能够读懂的伪汉字《天书》；1994年，他反复琢磨发明了新英文书法；1999年，他坐在山坡上用文字写生；2012年，《地书》出版。

“如果艺术家只是从艺术的角度切入考虑问题，他肯定不是一个有出息的艺术家。”

徐冰认为，艺术的深度取决于艺术家处理手里活儿的能力，取决于艺术家与这个时代和社会之间的关系。他不能只停留在风格、流派、材料这些基础问题上，他必须懂得怎么把对时代的敏感转换成一种别人没有使用过的语言。这个转化过程实际上就是艺术家工作最实质的部分。

“不能把安迪·沃霍尔、靳尚谊、我、方力钧、张晓刚的风格作比较，但是你可以比较我们是怎么处理自己生活的时代的。”

作为一个艺术家和中国人，又生活在一个对艺术家和中国人刮目相看的时代里，徐冰的每一件作品都直接地表达了他。

“比如说我有点着急，我希望社会对我有更多的关注，那我有可能让手段更极端化一点，或者让作品关注的题材更重要一点。所有的这些，包括色彩、材料、形体的选择，都是由这个人的品位和性格决定的。这是没法作假的，你想掩盖的动机都会被你的作品暴露无遗。”

他在压抑中长大，平时做事循规蹈矩。但是那种不安分的因子却一直存在于思维中，这从作品中可以看出来。

“有人说徐冰挺聪明的，但他很老实。一个人又聪明又老实，我觉得挺难得的。”徐冰说。●

徐冰
新英文书法：春晓——孟浩然（三联）诗
137.7cm × 68.8cm
纸本水墨
2002
图/徐冰工作室提供

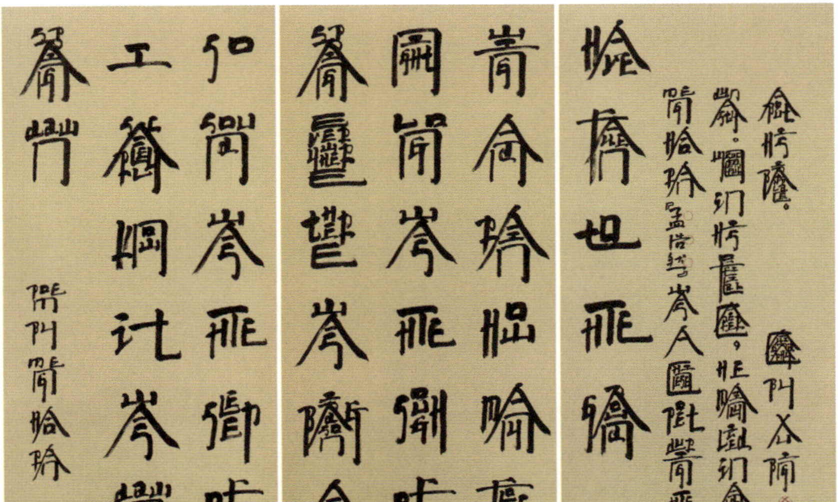

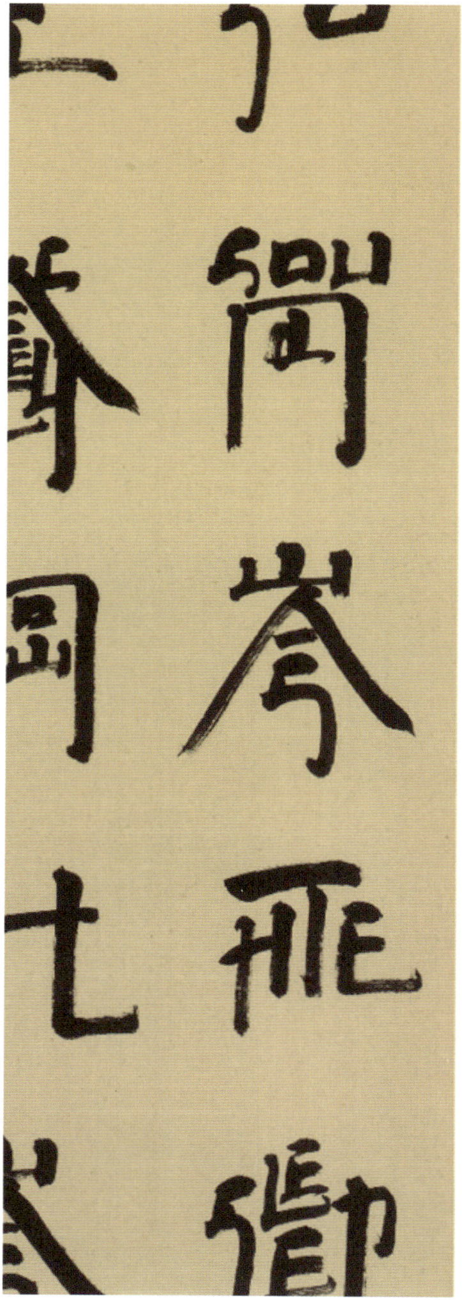

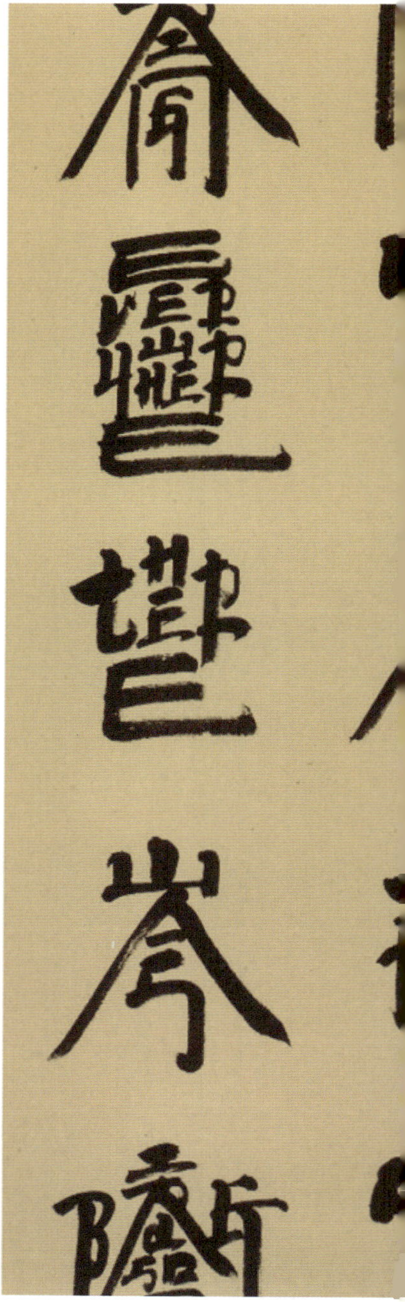

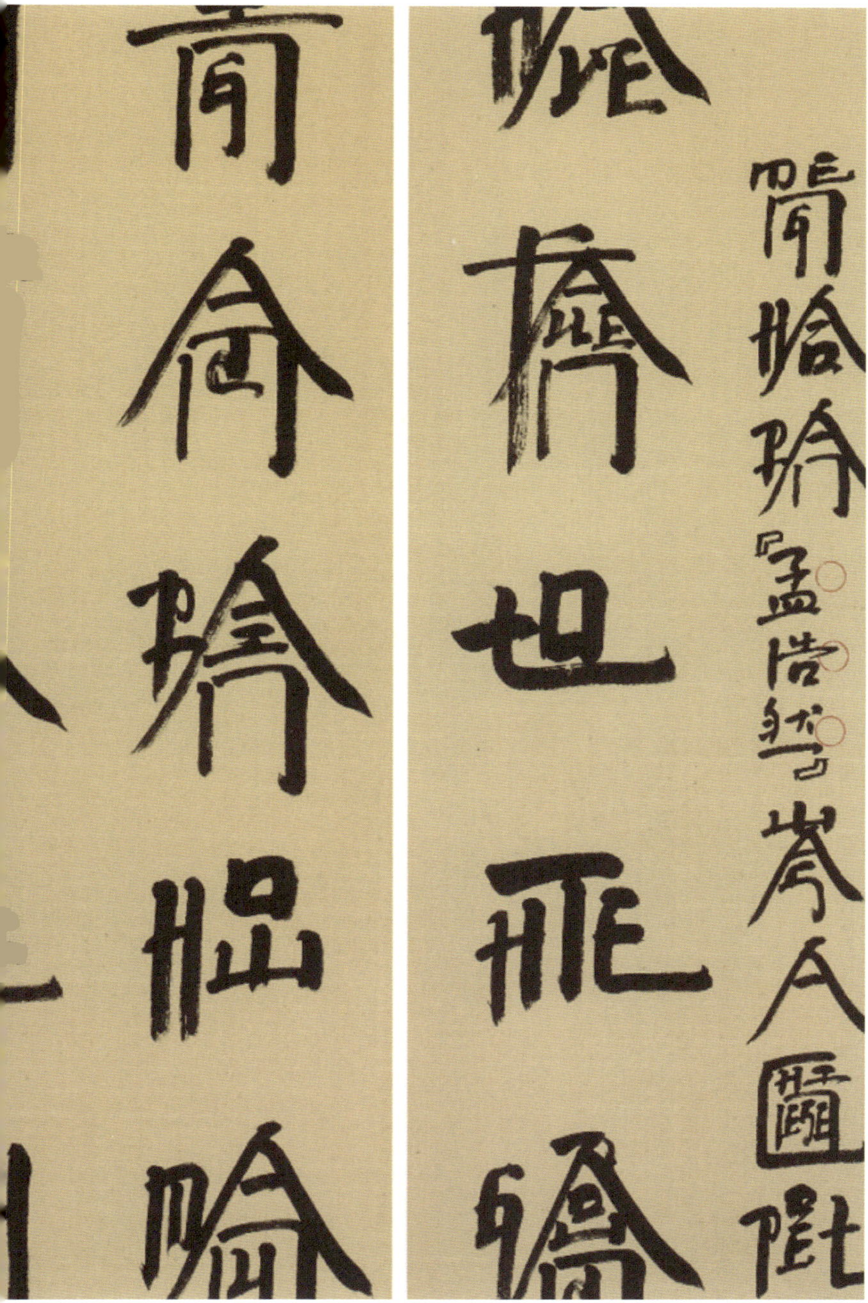
『孟浩然』

1

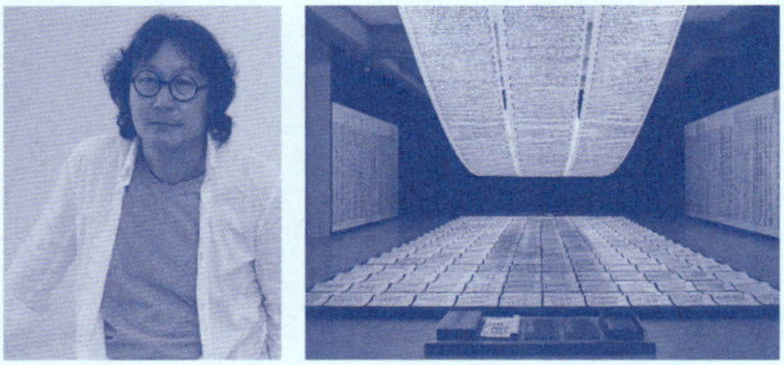

2

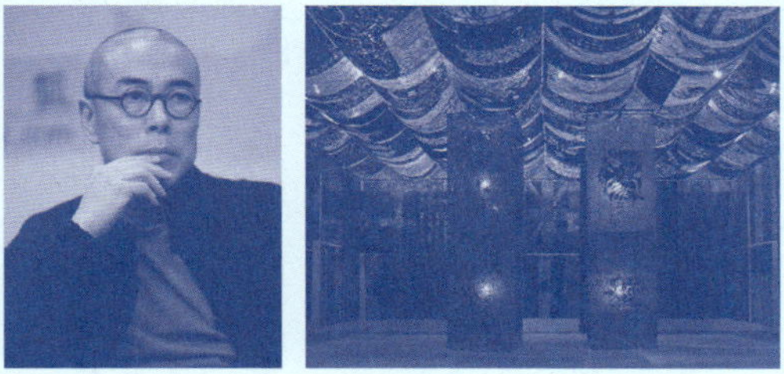

3

4

清单 中国当代艺术海外『四大金刚』

四位在海外成名的中国当代艺术家，擅长挪用中国传统文化符号。

1. 黄永砯（1954— ）
1989年去法国参加展览“大地魔术师”，从此留在巴黎。
“厦门达达”发起人，作品多涉及中国历史和神话故事。成名作《中国绘画史和西方现代艺术简史在洗衣机洗两分钟》，是中国当代艺术的代表性装置。策展人费大为说，理解黄永砯的要点是“千万不要相信黄永砯”，黄永砯知道后非常高兴。

2. 徐冰（1955— ）
1990年赴美，2008年回国定居。
从《天书》写到《地书》，他的作品以巧妙著称。2017年，他用数万小时公共监控录像剪接成的电影《蜻蜓之眼》，入围第七十届洛迦诺电影节主竞赛单元，并获得费比西奖一等奖、天主教人道主义奖特别提及奖、青少年评审团奖。

3. 谷文达（1955— ）
1987年赴美，目前往返于纽约和上海。
'85时期他恣意地肢解汉字，随心所欲地写错字。赴美后一头扎进经血与胎盘的迷宫。20世纪90年代起重拾传统，创作《联合国》《碑林》《茶宫》《红灯》《中园》等。有两种东西在他身上都很顽固：一是中国传统文化基因，二是西方有机生活方式。

4. 蔡国强（1957— ）
1986年赴日本，1995年移居纽约。
火药爆破艺术家、2008北京奥运焰火师、艺术界的“纵火犯”。2015年，在福建泉州泉港区惠屿岛炸出平生最厉害的焰火——长五百米、宽五米半的《天梯》。2017年9月，纪录片《天梯》全国公映。

2:00

北京顺义

邱振中

南无阿弥陀佛

68cm × 68cm

纸本水墨

1988

图/邱振中工作室提供

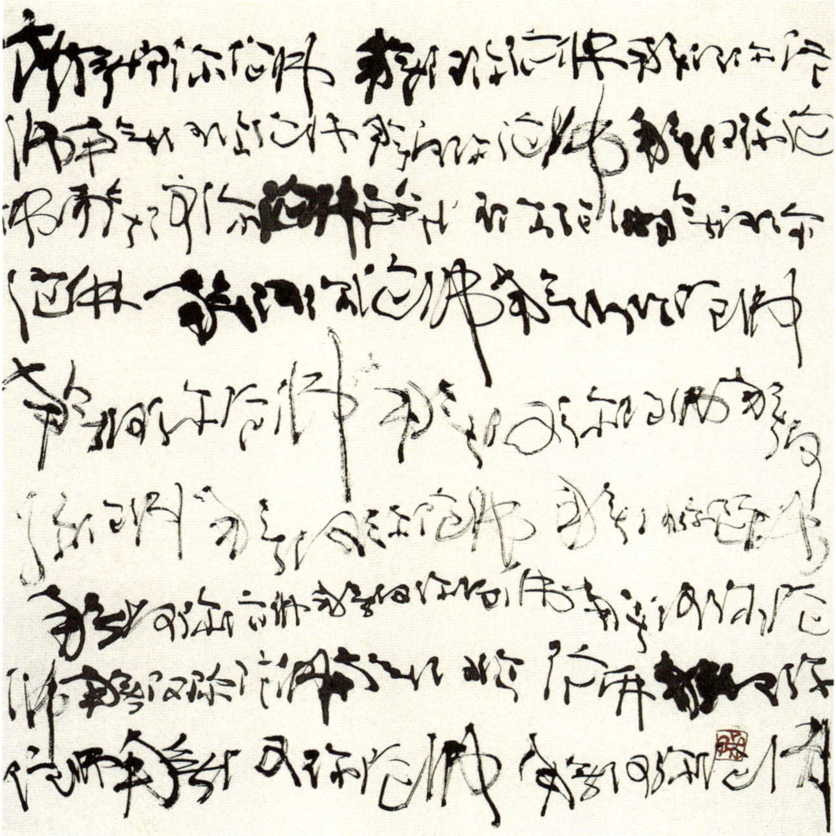

当代的西绪福斯在读诗

邱振中就是改不了熬夜的习惯。凌晨2点还在读诗、琢磨，好像夜里的时间一个小时可以当两个小时用似的。他虽然是位书法家，却对现当代文学和诗歌十分着迷和在行。上课时，他总是鼓励学生们阅读文学作品，而不是模仿王羲之。

2014年，时隔三年，邱振中又做了一次书法展。这次是在北京，恭王府嘉乐堂，四十七件书法作品、三十二方印章，绝大多数书法作品是这两年的新作。他本来不愿意在一线城市做传统风格书法展，因为这么一来，就显得太“书法家”了。他始终定位自己是一位当代艺术家。

开幕那天来了三百多人，官方的、当代艺术的、学院的、时尚的，都是冲着他的书法来的。邱振中有些感动，该他讲两句时，他说：“当一个人有幸成为一个专业工作者，他就知道有多难。我做了三十多年，2007年才开始获得一些想要的东西。但当这个展览筹备完的时候，我已经对它不满意了，因为这里面没有反映我真正的理想。”

1994年，范景中为邱振中编了一本书法、绘画、诗歌作品集，取名为《当代的西绪福斯》。序言里，范景中将邱振中对自己的这股挑剔劲儿称为“神圣的不满”。

“对自己的作品我老觉得不满意，我设想的书法应该是完全不同的，既有自己的东西，又要让人震撼。”

邱振中想了想，补充道，“要做到那样我起码还要两三个阶段。”

爱琢磨的邱振中如今手握四张好牌：艺术理论、传统书法创作、绘画创作、诗歌创作。张张喜爱，如箭在弦，各有突破，但仍需深思熟虑，无一彻底完成。

邱振中
马蒂斯第二组画之一：桔篮
144cm × 125cm
宣纸水墨
2012
图/邱振中工作室提供

1
书法和当代艺术有什么关系?

落日时分，恭王府的游客渐渐散去，绿瓦的大宅放松身心，露出两百年前的样子。大风和夕阳降落在银杏庭院，走过十米宽的青砖箭道时，很容易想象出王爷与贝勒们在箭道上跑马骑射的景象。

嘉乐堂的三个厅挂满邱振中典雅的书法。站在这里，即使没有学习过书法的人也能感受到，这样的草书跟前人的草书不一样。

写草书最困难的地方在于迅速的同时保持线条的分量和变化，还要处理好空间关系——每一个空间都有表现力，所有的空间都属于一个整体。观看一幅这样的书法作品与观看抽象绘画的方式是类似的，观众可能一个字也看不懂，但是没关系，线条的抑扬顿挫你一定感知得到。

看着邱振中的书写，你感觉站在了1908年写就《大地之歌》的马勒面前，站在了1911年指挥《大地之歌》首演的瓦尔特面前。他们神采飞扬，挥舞着指挥棒与唐诗唱和。

人人都说邱振中字写得好，好在哪里?

“特别关键的是我有了一种信心，我们能够跟古人比。”他说。

对于一个在当代研习书法的人来说，古人是最重要的参照系吗?书法界一般这样认为。但是邱振中不，他关心的是：书法和当代艺术有什么关系？

“我们时代最优秀的书法家的基础训练，超过了明清时期许多知名的书法家，但我们不可能用古人的书法做当代艺术。”然而更重要的、难度更高的正是这一点，“那么多刻苦的训练和体会，在做当代艺术时就基本没用了，令人遗憾又震惊。”

当学生向他倾诉迷惘时，邱振中总是问：“你希望写到什么样子？”他期待听到一个清晰的理想。

“不少人说，我要写到王羲之、颜真卿那样。我心里想，见鬼，谁要你写到那个样子！我们已经有颜真卿、王羲之了，难道一个年轻人写一辈子就做这个？你不觉得这一生不值吗？”

一个专业工作者一生一定要找到一个为书法而真正值得去干的理想。这个理想，实际上就是建立书法与当代文化的关系。

2
“画一幅画就像去抢银行一样”

邱振中的艺术生涯是从传统书法开始的。“我开始学书法的时候，全国只有九个专业学生，那是1979年。”

他还是一位勤奋的理论家和教育家，出版了《书法的形态与阐释》《神居何所》《书写与观照》《中国书法：167个练习》《书法》《愉快的书法》等著作。他谈论书法的深度和新意是前所未有的，将更多人引向书法的深处。

早在1989年，他开始利用传统书法的一些要素做成当代艺术，推出了“日记”“最初的四个系列”，探寻书法的新意和边界。单书法上的成就，就可以让邱振中舒舒服服地躺在上面享受了，但他却不知疲倦地阅读、写作、思考，甚至转向绘画——用水墨临摹明代木刻版《西厢记》插图和马蒂斯绘画。

书法家邱振中想用绘画回答很多问题，有观念的也有图形的。“中国当代水墨能够从中国古典传统和西方现代艺术中吸取什么，怎么转换？画这组画我起码想了五十种方案，全部都不要，最后选了临摹。”

如此苛刻，动机只有一个，他要做别人想不到、没做过的东西。

“很多人都说我很理性，理性是必需的。德加说，画一幅画就像去抢银行一样，要把所有的细节都策划好。大部分画家都是想到就画，大家都觉得这样才正常，一个人想多了就觉得你太理性。其实不是的。”

英国评论家罗杰·弗莱在《塞尚及其画风的发展》中提出“形式而非内容才是艺术最基本的表达元素”。创造一种自己独有的、有意思的视觉形式，这是邱振中创作的目标。

为了创造出理想中的作品，一些概念一直在他头脑里盘旋：“第一，必须在观念上找到与传统文化的血缘关系；第二，视觉上要非常新颖，别人一看不刺激，说得天

2:00

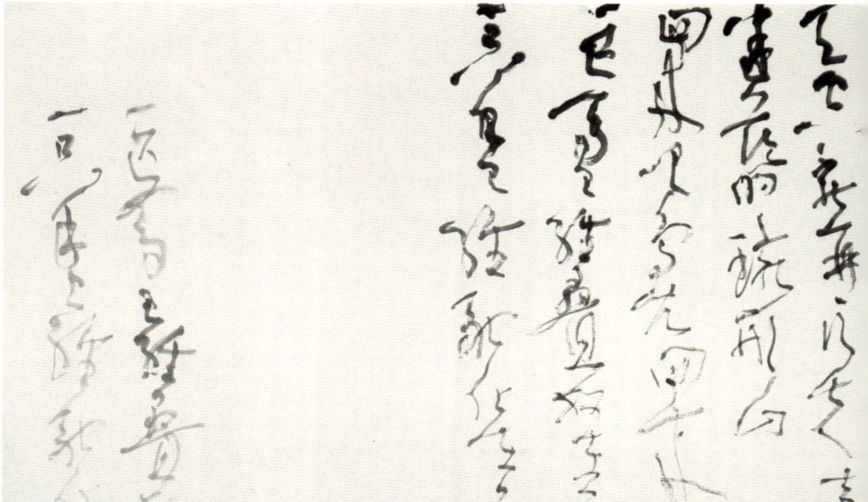

邱振中
纪念碑
250cm × 503cm
纸本水墨
2012
图/邱振中工作室提供

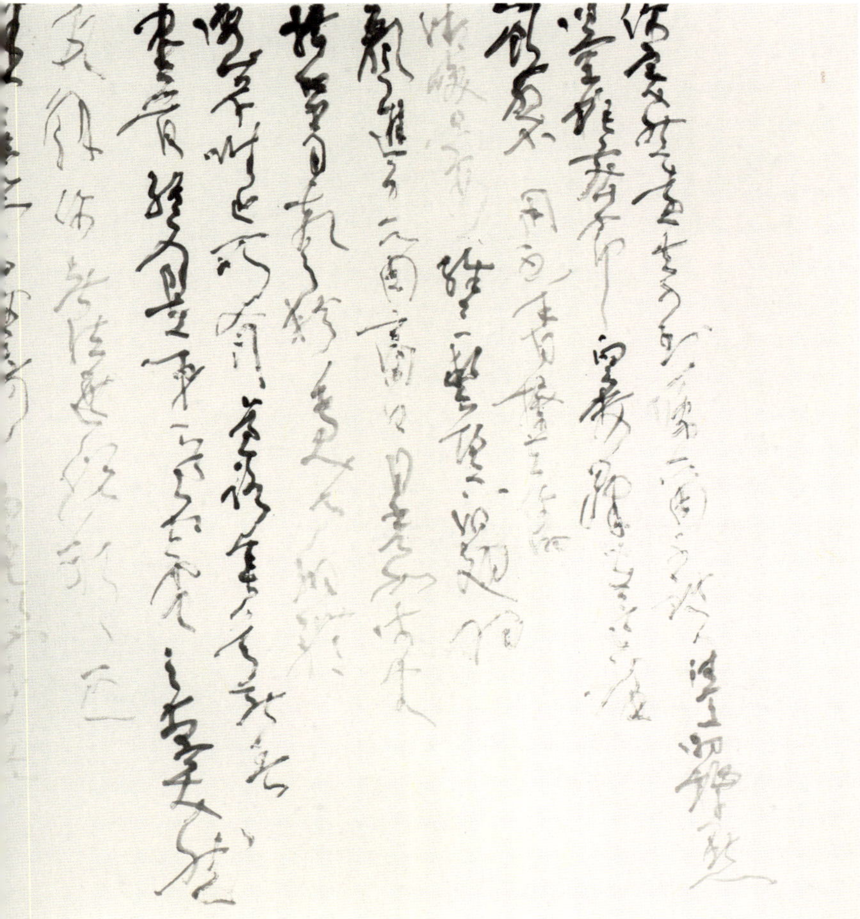

花乱坠也没有用；第三，观念的注入必须非常有智慧。”

阐述自己的观点时，邱振中在面前摊开一张纸，一边说，一边随手写下“一、二、三……”。谈话中他一直坚持自己的表述逻辑，不管你多少次把他引开，他还是会执着地回到他的“一、二、三……”。

越说到关键，他的声音和动作越轻，像怕碰碎问题的核心似的。他经常下意识地深呼吸，这个动作代表大脑对情感或情绪的控制——邱振中是个情感丰富的人，这一点总是被他理性的思考方法所掩盖。

“我想做的事太多了。艺术理论、传统书法创作、绘画创作、诗歌创作。我认为每个领域都做到了非常关键的点上，要我放弃非常难。不过我不急，因为还没有完成。不满意的东西我是不会拿出来的。”

3

“谁的话我都要听，谁的话我都不信”

与人交谈的时候，邱振中总是眯眼看着对方，脸上带着微笑，他是一个非常好的倾听者。但是在耐心听你说完之后，他会说：“你说得非常对，我是这样想的……”这意味着，他对你们谈论的事另有见解。

“谁的话我都要听，谁的话我都不信。”邱振中说。

他的个性很强，对待一般人都很着紧的事，他的态度反而是漠不关心。因而很多人都认为他不太好相处，但其实他的人缘很不错。在南昌时，《江西画报》记者问邱振中上初三的女儿："你能不能用一句话概括父亲对你的影响？"她想了想说："永远不和周围的人比。"

邱振中有些出世的状态，跟他的诗歌写作有关。写小说的人关注人生百态，而诗人则置身事外。他的上一本诗集《状态–IV》是2010年出版的，收录了四十六首诗。

邱振中一直对现代哲学、诗歌、文学、文学理论和思想史都颇有兴趣和了解。据说他从南昌移居到北京时，书籍是用集装箱运输的。现在，由于每周都会光顾书店，家里的书就更多了。

关于读书，他总是有太多的正面例子和现身说法，因他本人就是受益者。"我很喜欢现代哲学，虽然读得不多，但是我可以说，我读懂的那几页改变了我。"

他曾想过不教书法，而是去教大学语文，把学生训练得个个都像发疯一样热爱文学。他总是劝学生一定要读书，不读就不会深刻，不读就不会出色。"我在讲座里说，如果我们都去反映无聊和浅薄，那么一百个人里谁画得最好？还是画浅薄画得最深刻的那个人画得最好。"

"今天我们之所以有点文化、想象力和精神生活，完全受益于书籍。所以我想来想去，世界上所有事里最有价值的，就是通过努力为那个东西增加一点。但这个太难了，你可以做，但放不进去。"●

邱振中
日记
1800cm × 5400cm
纸本水墨
1988—1989
图/邱振中工作室提供

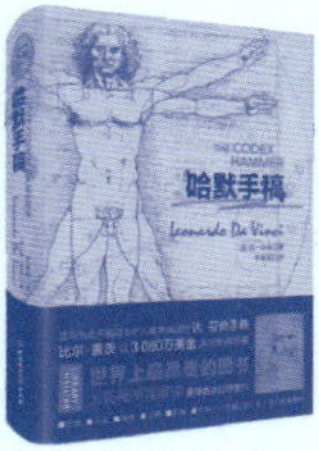

1

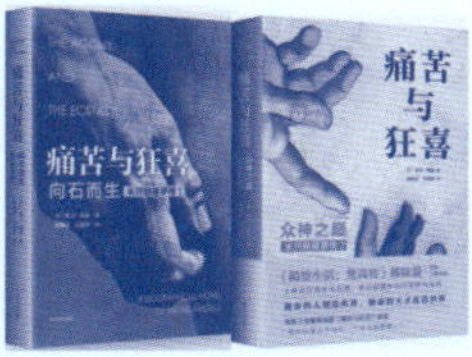

2

3

4

5

1. 《哈默手稿》
2. 《痛苦与狂喜：米开朗基罗传》
3. 《梵高手稿：梵高书信、画作、珍贵手稿》
4. 《艺术何为：马克·罗斯科的艺术随笔（1934—1969）》
5. 《贾科梅蒂的画室：热内论艺术》
6. 《艺术在没落中升起》
7. 《去你的，生活》
8. 《20世纪中国艺术与艺术家》
9. 《我负丹青：吴冠中自传》
10. 《失忆与记忆：张晓刚书信集（1981—1996）》

清单 想知道艺术家怎么想？读这些

6

7

8

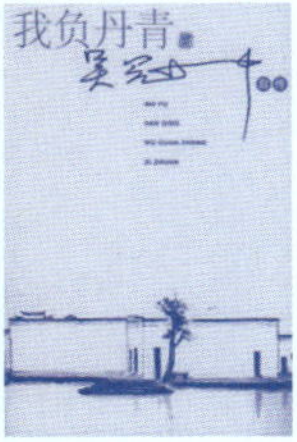

9

10

3:00

北京草场地

何云昌

英国石头漫游记

行为、摄影

2006—2007

图/何云昌工作室提供

行为艺术家还不想睡

何云昌的作息很不健康，每天凌晨3点才睡。大多数这样熬着的夜晚，他并没有在想方案或者搞创作，而是在下棋、打游戏、和朋友吃饭聊天，一根接一根地抽烟。

何云昌是中国行为艺术的标杆性艺术家，然而他创作的频率并不高，有时几年也不做一次，而且每一件作品只做一次，做一次最少要休息半年。直到身体的痛苦被逐渐淡忘，才兴冲冲地又开始下一次尝试。他需要积蓄的不仅仅是身体能量，还有再一次面对危险的勇气。

“别躲。”医生抬头看了何云昌一眼。助手则站在何云昌身后紧紧扶住他的头。刀落在脑门正中，划开倒锥形的伤口，取第一管血。

“第一刀会很紧张”，而每一刀都很疼，何云昌口中咬布，痛苦呻吟，策展人乔纳斯·斯坦普被他感动得一塌糊涂，泪水在眼眶里打转。第二刀、第三刀，直到第十四刀，医生实在受不了，扔下刀跑开了。何云昌示意她回来再补两刀，结果左臂的那一刀划得太深。现场一个身高一米八的男生直接晕倒，跟了何云昌五六年的助手也吓得不知该怎么办。

取了十四管血之后，满脸是血的何云昌转身用血涂满十一个模特的手指甲和脚趾甲。他动作极其温柔，但模特还是吓得浑身发抖，互相鼓励着“别怕，把眼睛闭上”。

3:00

其实只要有两管血就够涂满十一个女人的指甲了，但何云昌不在乎多流血，对充满意外的行为艺术而言，这不算太浪费。他挨了四刀的脸面目狰狞，但他用痛苦表达了诗意。

何云昌
抱柱之信
2003
图/何云昌工作室提供

1
“比受伤更让人伤感的是作品的指涉”

这件行为艺术作品叫《春天》，2014年3月22日，在北京白盒子艺术馆、在何云昌“尘缘”个展开幕之前秘密进行。策展人王春辰说：“《春天》透露的依然是艺术家渴望交流、渴望在人性的冰封地带开启苏醒的锁钥。”

用血祭春后，何云昌和往常一样以忙为理由暂不回家，怕老母亲知道了担心，先待在工作室休养。“如果不感染会好得快一点，不过我现在快五十岁了，新陈代谢比以前慢。”

何云昌的父亲是矿工，过去每年至少拔十次火罐：先在背上开一个十字形创口，再把身体里的血拔出来。“他身上有六到十个火罐，每个罐子里都是黑色的血块。”这是何云昌作品的记忆来源，流血在他看来是治疗与安慰。

《春天》的方案本来是为2009年“福冈三年展”准备的，但是主办方劝住了他，理由是日本的自杀率太高，不能见一点血。这次终于可以在白盒子艺术馆实施，何云昌也不敢通知太多朋友，以便安静地把作品完成。

1999年至今，每一年何云昌都会用身体实施作品。很多人觉得他的做法很过分，但何云昌说自己是理智的：“取一点自己身体里的能量是很自然的做法，它能和很多事物形成潜在的观照，把身体能量转化成视觉张力。比我们生命本身更荒诞的是外在条件和环境的变化，总是会发生这样那样的意外。”

2010年10月10日，何云昌实施了他一生中最为简单粗暴的作品《一米民主》，他的作品通常比较含蓄，但这次相当直白。“那一年找不到经费，就决定做一个简单有力的作品，表达中国人最基本的愿望。”

二十五人不记名投票，决定是否要在他身体右侧从锁骨到膝盖划出一条一米长、一厘米深的伤口。结果是十二票赞成，十票反对，三票弃权，医生没打麻药就划开了他的身体。

“做完赶紧点根烟，然后再打麻药，缝针。”何云昌说。

伤口太大，后来还是感染了一块，成了何云昌身上的一道疤。“我们这一生就算了，但是我们的孩子、孙子、重孙，我希望他们所处的环境比我们好。比受伤更让人伤感的是作品的指涉。”

2
“弄个半死也挺好的，不出人命就好”

20世纪90年代，何云昌尝试过多种艺术形式，装置、综合材料、摄影，直到行为艺术。一试就上瘾，投入了二十年。“每次做作品要想达成效果，身体都要承受高强度的压力。有时做完感觉再也不想做，因为经常要休息半年，甚至几年。”但是很快，他又会有新的想法，重新开始尝试行为艺术。

“我的作品不极致，只是运用身体素材。到现在我都怀疑，它是艺术，还是只是我去呈现个人比较偏执的念想。”与机构合作时，何云昌常被建议不要太暴力，不要太血腥，时间不要太长，等等。这么多年下来，他有自己的分寸感：“弄个半死也挺好的，不出人命就好。”

何云昌的左手一度失灵，现在还会偶尔抽搐，这是他2003年做《抱柱之信》时把手浇注进水泥二十四小时的后遗症。那次创作漫长而痛苦，在二十四小时之内，他有二十个小时以上的时间在活动身体，不停蹦跳，不停捶捏手臂。“一个小时之后我的左半边脑袋都是麻痹的，只要能动就得动，不然血液不流通手就废了。”

行为艺术中有一类是表演性质的，艺术家可以在不同的场合做几十遍，但是何云昌的作品只实施一次。“不管作品是否成立，我都只做一次，因为用身体做艺术太痛苦了。”

1999年何云昌做成名作《金色阳光》时，用油漆把自己涂成金色，悬吊在高墙上。本来三十分钟的作品做了两个多小时，因为中间他在太阳暴晒下休克了。“油漆腐蚀了皮肤，身上从脖子到膝盖全部烂掉。”

这不是最惨烈的一次。2005年10月，何云昌到美国布法罗参加高名潞的“墙：中国当代艺术二十年的历史重构”展，实施《将军令》。他准备的方案是：水泥浇到胸口，一凝固马上出来。好心的馆方怕他受伤，降低了水泥的强度，本来预计四十分钟凝固的水泥一个小时还没凝固，封在里面冻得瑟瑟发抖的何云昌被割得遍体鳞伤。

“做什么都要付出，喜欢登山也可能摔断腿。”他永远记得1999年做《与水对话》，双臂切开流了不少血，但是做完后居然陪着一帮朋友喝酒到夜里12点多。“每次做作品都开心、兴奋，第二天才觉得累，才知道确实是伤了身体。”

3

虽然一次次接近身体的极限，但他并不是苦行僧

2008年，何云昌取出自己左边的第八根肋骨，跟四百克黄金一起做成项链，给家人和朋友戴上合影。“我身上有几百个骨头，死之后是会变成灰的，在活的时候取一根下来做个玩具挺好的。”

为这件作品他经历了一场大手术。那之后，何云昌感觉自己一下子老了五岁。

2012年，他在草场地实施了《草场地十世》。这件作品似乎是转折点，大家都说他从那以后变得温和了。谁知2014年，他又切开了自己的皮肤。而2016年最热的那几天，他又在今日美术馆一号馆二层大厅一张透明的茶几上不吃不喝七十二小时。

“我就是好了伤疤忘了疼。”他说自己是无疤痕体质，二十年折腾下来，身上不超过十条疤，唯一拿出来了的肋骨也还在自己手上。

虽然一次次接近身体的极限，长时间悬吊、水泥封

手、无麻醉开刀、经历职业运动员都无法完成的苦旅，但何云昌并不是苦行僧。

何云昌说："我的生活习惯不好，每天早上3点到7点睡觉。而且特别娇惯自己，能偷懒就偷懒，扎小刺比谁叫的声音都大。"他还怕打针，生什么病都不爱去医院。"我们云南老家有一句话：斧头砍了不痛，针扎了痛。我就是这种人，人活着要为精神诉求付出。"●

1

1. 《对话》（1989）

艺术家：肖鲁

中国美术馆“中国现代艺术展”开幕约两小时后，二十六岁的女艺术家肖鲁向自己的装置作品《对话》连开两枪。

2

2. 《芬·马六明》（1993）

艺术家：马六明

艺术家披长发、化女妆，以雌雄同体的形象示人。他曾赤身裸体，吃了安眠药后坐在座位上等待观众来合影。

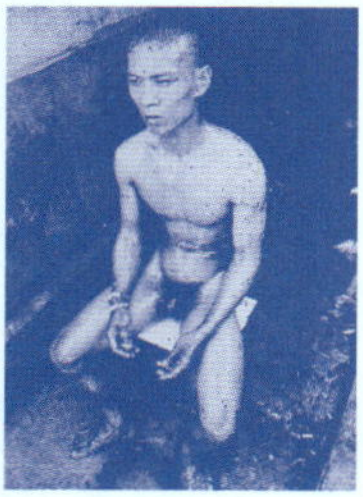
3

3. 《十二平方米》（1994）

艺术家：张洹

艺术家往身上涂满蜂蜜和鱼腥液后，在北京东村十二平方米的公厕里静坐一小时，其间成千上万只苍蝇叮满身体。

4

4. 《为无名山增高一米》（1995）

摄影师：吕楠

艺术家：王世华、苍鑫、高炀、左小祖咒、马宗垠、张洹、马六明、张彬彬、朱冥、段英梅

北京西郊，十个全裸男女按体重顺序“叠罗汉”。最重的趴在最下面，最轻的伏在上面，为无名山头增加一米高度。

5

5. 《身份互换》（2000—　）

艺术家：苍鑫

艺术家与拾荒者、女服务员、钢铁工人、骑士、厨师、大学生、京剧演员、精神病人、门卫、屠夫等互换身份，并以摄影记录。

6

7

8

9

6. 《开放的长城》（2001）

艺术家：何成瑶

在北京金山岭长城，艺术家赤裸上身，昂首阔步行走在衣冠楚楚的男性艺术家之中。

7. 《一根肋骨》（2008—2009）

艺术家：何云昌

艺术家将一根肋骨取出，做成项链。并请母亲和几位女性朋友戴上这根项链与他合影。

8. 《天堂》（2013）

艺术家：厉槟源

艺术家深夜在北京望京街头骑小摩托、扛十字架，或抱充气人模裸奔，一共十次，并因频频被路人拍照发上网而成为网红。

9. 《葛宇路》（2014—2017）

艺术家：葛宇路

艺术家制作了与自己同名的“葛宇路”路牌，放到北京一条无名街道上。高德地图、百度地图、民政区划地名公共服务系统曾先后将其收录进系统。

4:00

上海西岸

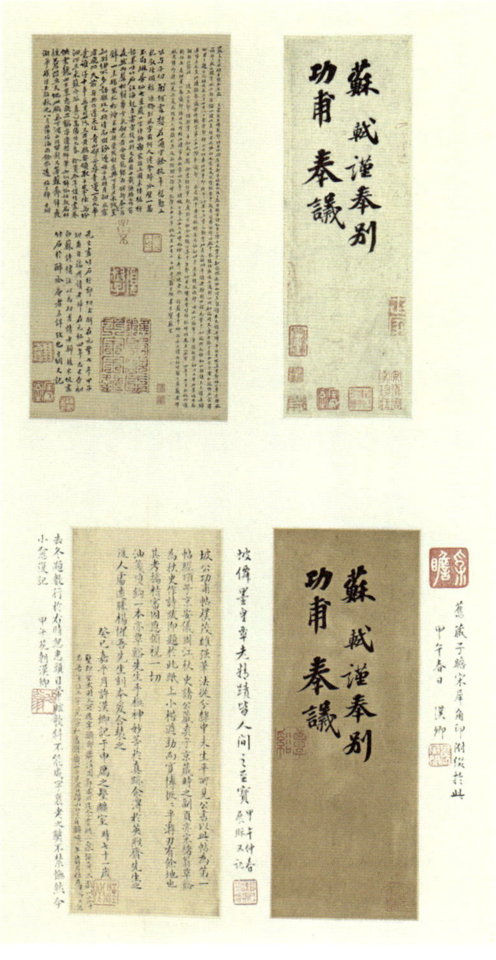

苏轼
功甫帖
27.9cm × 9.5cm
立轴 水墨纸本
年代不详
图/龙美术馆提供

美术馆施工队通宵赶工

从落成到开馆，上海龙美术馆西岸馆只用了一个星期。施工队通宵达旦地赶工，凌晨4点，馆里还灯火通明。开幕前的最后一刻，刘益谦还在展厅里打扫卫生。“我一个星期没去办公室了。”他说。

等到万事俱备，美术馆外的樱花也提早开了。保安散在各个出口查看邀请函，但是很快就忙不过来了——人越聚越多。这次开馆，龙美术馆邀请嘉宾两千多人。

艺术家丁乙开玩笑说：“这对他们就是少叫一口的事。”刘益谦和王薇夫妇在拍场上素以志在必得闻名，做美术馆也是这股劲头，浦东馆和西岸馆从规划到开馆都只用了一年左右。

刘益谦曾说自己是一个矛盾综合体，投机与投资、喜欢与收藏“交叉在一起”。他信奉“让市场说了算”，只买最贵的，因此拥有中国最好的私人收藏之一。但除了《功甫帖》《瑞应图》《兰亭修稧图》等古画放在展柜里，大部分藏品只是简单地挂在墙上，有观众一边看一边说：“真想打劫。”

谈到建美术馆的动机，刘益谦说：“想通过美术馆去获利，那是一百年以后的事。我就想把我们文化中有价值的东西分享给大家。”

1

“我5000万买苏东坡九个字，就是买一个精神标本”

西岸馆开幕前，王璜生在非常短的时间内接受龙美术馆馆长王薇邀请出任总策划。面对从宋元到当代这么大跨度的藏品，他决定延续浦东馆开幕展“古往今来”的说法，在西岸馆做一个“借古开今”，设立“古代·当下”“国画·洋画”“个案·历史”三大板块。古今交织、中西对比、时空错落，他将之比喻为“艺术史的形状”。

“龙美术馆有丰富的古代和现代收藏，也有很多节点性人物的作品，所以我采用了对比结构来策展。”王璜生说。在古代板块，他一方面将部分古代经典与当代艺术并置对话，另一方面又将古典作品“静观”展示。

郭晓彦策展的当代部分有七十多个艺术家的超过一百六十件作品，选择的都是圈内的大腕和明星。近现代板块“国画·洋画”同样都是名作，以时间为线索，讨论中西绘画的并轨和对接。在策展人曹庆辉看来，这次策展是一个见证奇迹的过程。“速度的奇迹，金钱的奇迹。”他说。

快开幕时，刘益谦决定把瓷器收藏也放入展览，而这时三点三万平方米的展馆只剩一块很小的空间，最后密密麻麻地摆了三十三件藏品。“我对不起瓷器爱好者，展场弄得像一个古董店，太土豪了。”刘益谦说。

刘益谦和王薇总是选择收藏公认最好最有代表性的作品。“前十年价格低，花一点点钱就可以买到好作品，这两年投入就吓人了。”王薇说。《瑞应图》5824万，《写生珍禽图》6171万，《十八应真图卷》1.69亿，《平安帖》3.08亿。龙美术馆的馆藏中，价值5037万的《功甫帖》不是最贵的，却是引发最大争议的。

龙美术馆开幕前夕，上博研究员再次在《东方早报》发表《功甫帖》辨伪新证。刘益谦说：“感谢上博在开馆前为我们做了一个这么好的宣传。他们只发了上集，我在等下集，下集是不是赔礼道歉？”

《功甫帖》就在美术馆地下一层，来的人都会慕名去看，但基本表示看不出门道。今天中国书写背后的文化传统已经产生了断裂，古代书画的知音越来越少，今天的人理解它们的价值更多是通过一个价格。在观众看来，《功甫帖》红了，刘益谦的5037万就值了。

“我5000万买苏东坡九个字，就是买一个精神标本。”刘益谦说。

2
“这些年做美术馆，我老婆比我压力还大，胆子还大”

从1993年的朵云轩拍卖开始，刘益谦和王薇开始了收藏生涯。而从2011年开始，他们开始营造私人美术馆。2012年12月18日，浦东馆不到一年就建成开馆；2013年年初，王薇又下决心建西岸馆，这次用了一年多一点。“我忍不住要用‘疯狂’来形容这种举动和我们的工作状态。”龙美术馆副馆长黄剑说。

“建第一个馆的时候我们只是凭着一股热情，美术馆的概念我还没有搞清楚。浦东馆是一万平方米，而西岸馆是三点三万平方米，这一个星期我脚走到痛得不得了。但是看着美术馆一天一个样，还是很享受这个过程。”刘益谦说。

西岸馆直到开馆前一个星期还在施工。包工头表示绝对不可能完成，刘益谦就把包工头叫过来威逼利诱。为西岸馆，刘益谦光土建就花了3亿多。“资金全部由我们自主承担，不存在其他社会力量，政府也没有给我一分钱。”他说。

他们承受压力，并且有压力才兴奋。“我从小胆子大，承受力也强。这些年做美术馆，我老婆比我压力还大，胆子还大。”刘益谦说，“可能因为这么多年我和她斗争都是她胜利。”

二十年来，刘益谦和王薇买了数不清的东西，家里堆得到处都是，在一千平方米的房子里，走路都要侧着身子过。他们想建美术馆的最朴素动机，就是有地方把放在盒子里的古画都挂起来。但是在同一个城市里建两座美术馆，龙美术馆未来还必须要解决两个馆的区别和共存问题，这是一个只有在当下中国才有机会面对的挑战。

“浦东馆对外做主题性展览，艺术家个展更多；西岸馆更注重当代艺术的学术研究和大型主题展览。”

曾梵志

面具系列1996第5号

200 cm × 180cm

布面油画

1996

图/龙美术馆提供

向京
凡人–无限柱
465cm × 120cm × 120cm
玻璃钢着色
2011
图/龙美术馆提供

刘益谦预计两个馆每年的运营费用在3500万左右，“我们有好藏品和场馆，百分之七十的硬件问题已经解决掉了”。

3 “这个馆的空间本身也是中国当代艺术的一部分”

这两年市场不再辉煌，艺术界略显沉闷。美术馆、画廊的展览周期延长，有的是给钱就能设展，也有的根本找不到新展览接续。而对艺术家而言，他们也经常感到在国内找不到合适的地方办展。

对于美术馆展什么，刘益谦并不担心。他有的是藏品，可以轮着展，一年办好几个展览。

王薇说：“浦东馆以红色经典为主题，已经挂牌成为浦东新区爱国主义教育基地。国外美术馆都是相对专门化的，一半以上的时间做常设馆藏展。我们拥有古往今来成系列的收藏，两个馆每年起码各做十个展。”

在西岸馆的设计中，建筑师柳亦春将原有的煤漏斗（用于煤炭运输的构筑物）和地下两层车库纳入设计，利用一个跌落式的展厅将地上与地下空间连接起来。

地上是清水混凝土的“伞拱”结构、巨大的空间和无尺度的光洁表面，这部分现代感十足，适合大尺寸雕塑和装置；而地下部分是全白色的空间，也就是过去几十年美术馆建造中通用的“白盒子”矩形展厅，可以制造一个不间断的架上迷宫。

王璜生说："浦东馆主要以古代艺术和红色经典作品为亮点，西岸馆这边应该以当代为主体。尽管现在西岸馆会同时展示近现代和古代的作品，但是主体应该是当代的。"

龙美术馆西岸馆为上海提供了一个富有未来感的场所。"这个馆的空间本身也是中国当代艺术的一部分。"王薇说。●

周春芽
红石
150cm × 120cm
布面油彩
1999
图/龙美术馆提供

张晓刚
圣母子像
91cm × 72cm
布面油彩
1989
图/龙美术馆提供

1

2

3

4

5

1. 龙美术馆，上海

2. 余德耀美术馆，上海

3. 民生现代美术馆，上海/北京

4. 合美术馆，武汉

5. 今日美术馆，北京

6. 红砖美术馆，北京

7. 昊美术馆，上海

8. 银川当代美术馆，银川

9. 时代美术馆，广州

10. 四方当代美术馆，南京

清单　国内十大私人当代美术馆

6

7

8

9

10

5:00

北京酒仙桥

张晓刚

血缘–大家庭：全家福1号

150cm × 180cm

布面油画

1994

图/张晓刚工作室提供

通常他已画了一夜

2018年1月9日，北京零下十摄氏度，法国总统马克龙来了。张晓刚从798尤伦斯当代艺术中心回到工作室时，已是晚上11点多，因此我们的采访一直延续到第二天早上5点。对他来说，熬夜是家常便饭。与毕加索一样，他保持着“二十五点”的习惯：夜里工作，上午睡觉。掌灯时分思路开始清晰，愈晚效率愈高。2017年他画了两张大画，主要工作都是在深夜里完成的。

在由六块画布组成的九米多长的新作《舞台》中，张晓刚没有画他最擅长的人像，只画了镜像与雕像。画面的主角是三张床，以及一个浴缸、一面镜子、一只浴桶、一张沙发、一盏电灯、一把吊扇、两块幕布、三根贯穿始终的电线。这些东西的关系经过重新安排，乍看正常，细看又怪异，好像来自不同时空，比例和透视都不统一。

张晓刚拼命想打破视点的中心，让每一个局部都是一个中心。分寸很难把握，弄不好就会乱。这次他没有像以前那样画得很冷静、很平面、很柔，而是用回直接画法，加强了笔触和感性的东西，但又不能回到表现主义，这个度要把握好主要靠经验。四个月的时间里，每天他都画足十小时，每天都面临不同的想法，反复改，还有一次甚至不得不推翻重来。“画画的过程就是一个鞭打自己的过程，基本上属于自残。”他说道。

当他完成这幅大作时（2017年9月），诺兰的电影《敦刻尔克》正好上映。面对这张画和面对巨幕电影时，观众感受到了相似的处境——无所适从，又无处不感受到吸引。

这件作品既是高潮也是序幕，张晓刚在紧闭的房门内打赢了一场至关重要的心理战役。从此他进入了全新的创作时期——从大牌艺术家变成了胼手胝足的新人。

张晓刚
重生1号：重生之门
180cm × 270cm
布面油画
2015
图/张晓刚工作室提供

1
“我不愿意做一个太成熟的人”

尤伦斯当代艺术中心没有暖气，上百人挤在一个空间里还是冷。国宴之后，晚上9点多，法国总统马克龙和妻子终于来了。

这一天是马克龙访华的第二天，尤伦斯当代艺术中心特别为他举办“献给爱丽舍：中国当代艺术交流展”，集结了北京十七位老中青知名艺术家。走到张晓刚作品《蒙眼的舞者》（2016）前时，马克龙请他讲讲画面是什么意思。“最难解释的就是关于作品的问题，我说这画的是我小时候的一个记忆空间。”

1999年到现在，十九年了，张晓刚成了北京艺术家的代表，而北京成了张晓刚生活时间最长的城市。但他还是觉得自己越来越像北漂，他说道：“在房子里边好一点，只要走出去，碰到任何事情都还是像。”

他说自己现在常常觉得尴尬，因为跟他一样功成名就的艺术家大多数都过上了深居简出的生活，艺术界都是陌生面孔，但他还是到处去看展。“我是一个保守型的画家，但是我希望我是一个开放的人。”

这几年的中国当代艺术，80后成熟了，90后登场了。年轻人的展览看得多了，张晓刚感受到了极大的丰富性，每个个体都不一样，并且国际化到不知身在何处的地步。“这个世界不是缺东西，是（东西）太多了。如果跟现实没有关系，如果没有切肤之感，那个东西就会很浅，它只是好看，不打动人。”

到了一定阶段，太多人打不起精神。变不变，怎么变？这是个问题。“大多数像我们这个年龄的艺术家都会有一种气短的感觉。英雄气还在，但手上功夫已经短了。”

2018年，张晓刚六十岁。

这一年他有四个展览，与王广义的“重逢：诗与哲学”艺术展2月初已在布拉格开幕，此外还有纽约佩斯的个展，以及年底在武汉两座美术馆同时举办的文献展和作品展。近年来他很少像这样频繁地举办展览，2017年只参加了一个群展，画倒是画了两大幅，很有成就感。

“我想超越生理上的时间表，按照艺术的时间表去走。所以从2017年开始想在工作中去度过。我老觉得我处在一个感觉就要出来了的状态中，但在一些方面还不成熟，还要吸收新的知识。”

好艺术家有两种：一种是艺术高于生活，像梵高那样燃烧自己；还有一种是艺术就是生活，如透纳和葛饰北斋一般画到生命最后一刻。张晓刚属于后者。“对我来讲工作就是一种日常，我希望活多久都能继续做下去。”

从1977年考入四川美院开始，张晓刚已经在美术界经历了四代：从川美的乡土时代，到'85新潮，再到90年代中国波普走向国际寻找身份，进入2000年的市场时代，他又是最大受益者之一。“‘血缘–大家庭’系列之后，我最大的成就是熬下来了。为什么我还在？因为我在市场最好的时候没有去重复，我在画新的东西。”

尽管作品总是与记忆有关，张晓刚却不是一个怀旧的人。他还是对新生事物感兴趣。“我曾经有激情，现在还有好奇心，还有天真的一面，我不愿意做一个太成熟的人。”

2 他的床不是用来睡觉的

2017年年初，张晓刚跟策展人吕澎去四川大邑看刘文彩故居，别人都在前面走得飞快，他一个人落在后头，把每一个房间都细细拍下来。相比于公共历史，他更关心个人的东西。“他怎么那么多床？而且所有床都有镜子，从视觉上来看这个也很有意思，画床的想法慢慢就出来了。”

艺术史上著名的床——提香的床、马奈的床、翠西·艾敏的床——都提示了他，使他对床敏感。

格林童话《十二个跳舞的公主》里，公主们就是以床作为通道进入另一个世界彻夜狂欢的。床也是离梦最近的地方。与超现实主义过多地谈梦不一样，达利式的梦境并不是张晓刚的主题，他更欣赏马格里特不动声色地按照另一个逻辑构筑陌生世界的做法。张晓刚的记忆，也可以解释为梦境。借助对梦中不合理之处的详尽描述，他顶住了外来绘画和审美权威的压力，形成了自己绘画的理由。

5:00

北京酒仙桥 通常他已画了一夜

张晓刚

浴缸

260cm × 600cm

布面油画

2017

图/张晓刚工作室提供

"我的床不是用来睡觉的，它是一个文化符号。我在床单上改来改去，就是想把它画成一种提示。那张红颜色的床，我起码画了四五遍，和最初的效果完全不一样。它可能是某种权力的象征，也是某种命运或某种梦想的象征。"

经过"床"的痛苦煎熬之后，张晓刚的想法比较成型了，紧接着又画了一张大画《浴缸》，几个小孩在浴缸里做游戏，有点像荒诞室内剧，又像一个寓言。与其说是还原记忆，不如说是再造记忆。这次画起来顺利多了，但并非完全受控。"浴缸的颜色变了，我原来想画一个很淡很淡的调子，结果后来一看，画了一个很鲜艳的颜色。"随着年岁的增长，艺术家似乎会越来越喜欢浓郁的色彩。

这次他的灵感来自东欧电影，他说道："我最大的享受是自己在家看碟，一张看两遍，没弄清的地方再倒回去重新看一遍。他们特别善于用荒诞的场景讲现实中的尴尬、矛盾、荒诞，那种悖谬的感觉让我觉得很过瘾。"

如果可以当导演，张晓刚想拍贾木许或罗伊·安德森那样的片子，就拍重庆的黄桷坪。四川美院那个小镇、那条街，让他联想到马孔多。"我的电影要从租录像带的老板娘开始，从她的眼光看这些老师太精彩了。她最了解每一个人的口味是什么，比如我一去她就会说变态杀人片，另外一个就是战争片，还有人要看获奖片、爱情片。就像阿庆嫂一样，她把我们所有人都看得很清楚，掌管了我们的文艺生活，那时候的夜晚全靠这些片子。"

3
“血缘-大家庭”系列之后

张晓刚就读的川美油画系77级，是中国艺术界的明星班，“伤痕美术”和“乡土写实”就从他们班开始。在班里张晓刚既是年轻的，也是另类的。“我开始觉得我太笨了，老不开窍。现在回头看，其实我已经画得可以了，但是我不爱那个东西。当时我画画很痛苦，为什么会痛苦？因为我进入不了，是现代主义解放了我。”

张晓刚痛苦了很多年，一直到1984年生病了决定要放开画，才画出了“魔鬼时期”的作品，跟过去一刀两断。“原来我认为好是有标准的，但后来发现好不好不是理性选择，它与你对艺术的认识有关。一个艺术家首先要解决的是认识问题，解决了以后，你的表达自然会跟上。”

20世纪80年代末，台湾收藏家林明哲到川美挑作品。他最喜欢乡土绘画，但当他来看画，张晓刚把乡土的东西都藏了起来，只给他看“魔鬼”。“我当时就一根筋，就想着那个不代表我，我要把代表我的作品给他看。如果他喜欢，那我的前途就光明了；他要不接受就算了。很遗憾他不喜欢。”

那时学院里的写生也好，创作也好，基本上在背西方艺术史里的形象。罗中立的《父亲》是中国现实主义道路上的第一个里程碑，但总的来说当代中国人的形象一直没有被充分描绘。是张晓刚用油画将中国百年来的人像画法综合在一起，以人物形象、场景、气氛、符号编码等因素为手段，营造出一种集体记忆，形成了一套为几代中国人所共享的视觉形象表述法。

“1993年以后，我就想画一个我感受到的真实的人。这个真实不是眼睛看到的，而是心理上感受到的。我是中国（汉族）人，我不能画老外，不能画彝族，也不能画藏族，我得画我熟悉的人。”

“血缘-大家庭”系列的画法，是张晓刚在老照片里学到的。当时的摄影总是尽量修饰，以便达到审美模式。“好多人问我模特是在哪儿找的。没有模特，我是把各种人组合在一个人身上，这是一个修图的过程。”

当初跟人谈论“血缘-大家庭”系列时，张晓刚用的是另外一个词——修饰。“我靠绘画来修出了一个形象，是虚拟的，但这个虚拟有现实的基础，所以我还是一个具象画家，我这个软件只能修具象的东西。”

创作出“血缘-大家庭”系列那年（1994），对张晓刚来讲是翻天覆地的变化。这系列异军突起，出来后很快就被认可了。在传记《血缘的历史：1996年之前的张晓刚》中，吕澎讲述了张晓刚的前半生和“血缘-大家庭”系列的诞生。那之后虽然他也在不断地做，但时代的改变更快。

“别人不会直接说你的作品没意思，老是在说当代性什么的，你就知道后面的事他们不感兴趣了。都在谈标准，其实艺术的标准说不清楚，你还在往前运动就好，哪怕一天一公分，总比你停在那儿老看过去好。”

张晓刚
我的母亲
200cm × 260cm
布面油画
2012
图/张晓刚工作室提供

已经画出了“血缘–大家庭”系列的张晓刚，还要做什么？“我还要去挖掘一种心理上的修图，我感觉到的心理状况，我要把它修出来。被强化的心理认识，这个是我感兴趣的，所以才会有最近的画。”

新作对艺术家来说是考验，也是机会。“大家都懂，新的东西刚刚出来的时候不一定就是好的，真能被接受差不多要十年，最少都要五年。但是有新的感觉总比没有好，起码对我来讲是打开了一扇门。”

4

“停止这样，放手去做！”

孤独是最常被用在张晓刚身上的一个词。

“你有孤独感不一定有价值，你创造出有价值的东西，它才跟孤独有关系。”在创造价值的过程中，有些人熬不住就放弃了，但也有一些人视艺术为宿命，张晓刚希望自己是这样的人。

“市场冷下来以后，我特别高兴。艺术家终于回归到艺术家的感觉，而不是一个所谓的成功人士。”

2016年9月，张晓刚在北京佩斯画廊与索尔·勒维特举办双人展，很多人形容他们的组合是感性与理性的相遇，其实勒维特虽然是极少主义艺术家，对艺术的感情却相当澎湃。张晓刚开玩笑说：“如果早几年看到他的文字，我可能也去搞极少主义了。”

2016年3月，英国演员“卷福”（本尼迪克特·康伯巴奇）在电视节目《见字如面》（*Letters Alive*）上朗诵了1965年勒维特写给女雕塑家伊娃·黑塞的信（崔晋婷译），连珠炮一样的激励，也像是对行动派张晓刚的呼应：

停止——思考、担心、多虑、徘徊、怀疑、恐惧、受伤、期盼有简单的出路、挣扎、固守、困惑、瘙痒、抓挠、自言自语、装模作样、愤愤不平、自卑自贱、磕磕绊绊、喃喃自语、东拉西扯、钻营投机、满口应声、淡淡涂抹、仓促完成、搭便车、画影线、发牢骚、抱怨、呻吟、嚎叫、挑刺、满口胡言、吹毛求疵、鸡蛋挑骨、迁怒于人、自作多情、漫天要价、夺人眼球、转嫁责任、偷偷摸摸、漫长等待、亦步亦趋、诅咒仇视、虎视眈眈、结党营私、搜索、停留、糟蹋、消磨、消磨、消磨殆尽你自己。

停止这样，放手去做！

不要担心酷不酷，创造你自己的不酷。●

5:00

张晓刚
舞台
280cm × 940cm
布面油画
2017
图/张晓刚工作室提供

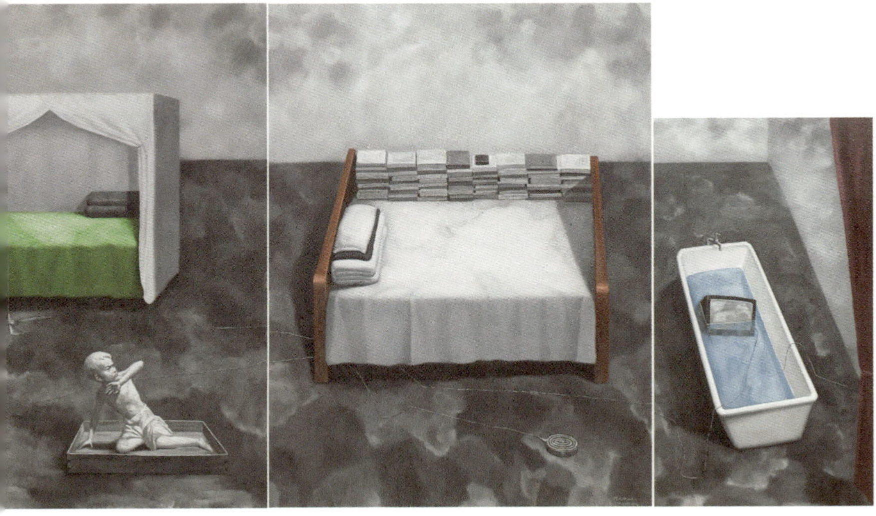

1

1. 丢勒《母亲肖像》（1510—1514）

丢勒用炭条勾勒出风烛残年的母亲形象，线条洗炼而传神，老人饱受岁月摧残的形象因画家的真情流露而显得十分动人。

2

2. 伦勃朗《伦勃朗的母亲》（1631）

在伦勃朗笔下，母亲安静而虔诚地阅读。她的脸已老去，内心却因信仰而像红色天鹅绒外套和褐色头巾一样熠熠生辉。

3

3. 詹姆斯·惠斯勒《黑与灰的一号编曲：艺术家母亲》（1871）

1871年，因为被模特放鸽子，惠斯勒将六十七岁的母亲拉到画室里。他的本意是描绘母子心灵上的隔膜，却画出了一幅感人的名作。

4

4. 塞尚《艺术家的母亲和妹妹》（1868）

脾气火爆的塞尚温柔地描绘了母亲做针线的午后时光。为了不惹自己生气，他把角落里已经画好的父亲涂掉了。

5

5. 梵高《梵高母亲的肖像》（1888）

1888年10月，梵高根据一张母亲的黑白照片为她绘制肖像。他“按照记忆添加色彩”，将这张画处理成了绿色。

6. 毕加索《毕加索的母亲》（1923）

1923年，毕加索毕恭毕敬将母亲画成庄重的贵妇人。“与我的儿子在一起，没有一个女人会幸福。”知子莫若母，毕加索外貌和性格都与母亲十分相像。

6

7

7. 阿希尔·戈尔基《艺术家和他的母亲》（1926—1936）

这张画来自艺术家1921年与母亲的合影。因为思念饿死在逃荒路上的母亲，从亚美尼亚逃到纽约后，阿希尔花十多年不断地重画、涂改这幅画。

8

8. 贝尔特·莫里索《画家的母亲和妹妹》（1869—1870）

法国印象派女画家莫里索擅画女性与儿童肖像。这张画中，她的母亲和妹妹坐在一起，画面黑白对比鲜明，充满了巴黎闲适的生活气息。

9

9. 大卫·霍克尼《我的母亲，博尔顿修道院，约克郡，1982年11月》（1982）

霍克尼用照片拼贴的方式为母亲画像。丈夫葬礼当天，她坐在墓碑旁，穿着裹尸袋一样的雨衣，表情悲伤。

10

10. 张晓刚《镜子2号》（2018）

母亲是张晓刚绘画中的重要母体。他笔下的母亲不仅是血缘的、记忆的，也是历史的，是用今天的眼光审视过去。

6:00

武汉东湖

傅中望

随方就圆

直径150cm

木

2015

图/傅中望工作室提供

雕塑家发了朋友圈

每天早上，傅中望都是朋友圈最早起的人。6点多，他先发一张大公鸡的照片，同时道一声早上好，然后开始浏览各种信息，把他觉得有意思的、有用的内容连珠炮一样发出来。此刻，他是一个早起的榫卯，是朋友圈和世界的连接点。

他的艺术生涯与榫卯紧紧联系在一起，他的工作室就是一个榫卯的大宝库。

他的宝物包括1988年做的第一件榫卯蜻蜓、最近才用枸骨树枝雕成的蛇形物、旧货市场淘来的一堆旧刨子、小孩玩的木手枪、报纸印刷用的铅字，还有学生做的小型雕塑习作，等等。这些东西绝不刺激视觉，但是随便捞起一件，他都能讲出精彩的典故来。

不管阅读、思考、见客，还是休息，他就坐在屋子正中一把敦实的旧木椅上，椅子边缘写着“美工队”三个字。这把椅子是他的安乐椅、充电桩，也是他造物的连接点。从这里出发，他用自己的艺术，将一种传统文化与当代生活紧紧连接在一起。

6:00

1
他的艺术就是榫卯

傅中望从小就跟榫卯打交道。小时候生活在汉口，他家隔壁有个老木工，手艺特别好，尤其是工具做得特别好。“只要放了学，我就围着他。他拿东西我就帮他拿，像当助手一样。时间久了他觉得这小孩还很听话，教了我很多东西。”

傅中望动手能力强，家里的家具都是他打的，他当过学校木工组组长，还给生产队修过农具。“文革”时备战备荒，家家户户纺线，街坊邻居没有纺车，他索性造了十几台，分给女孩们用。

木工工具、家具、学校的桌椅板凳、农具、纺车，这些都与榫卯有关。但傅中望真正找到榫卯，还是1988年的事。

有一天，他去武大参加一个当代建筑研讨会，一位建筑师在谈到西方现代建筑和中国建筑的关系时说：“立体构成是西方现代概念，但中国的榫卯其实就是立体构成。”这句话点醒了傅中望。

“对呀，我这么喜欢木工，怎么没有意识到这个问题！”他兴冲冲赶回家，马上就做了两件作品：一个是知了，一个是蜻蜓。这两件作品虽然都很具象，但第一次，他用上了榫卯结构。做了这两个形象之后，傅中望高兴得不得了，感觉终于找到了适合自己的方法。

20世纪80年代，具象雕塑是绝对主流，绝不会有人想到用榫卯做雕塑。而他喜欢的西方现代雕塑简洁、明确、有个性的特点，榫卯结构也都能做到。

榫卯意外又笃定地楔进了他的生命。从此，他的艺术就是榫卯。

和榫卯盟誓之后，傅中望决定先把榫卯的价值和意义了解透。一看文本，他把《天工开物》《营造法式》等中国古代关于榫卯结构的典籍翻了个遍。二看建筑，看中国古建的深层内部结构是怎样构成整体的。“故宫我跑得很多，去看天、看地、看结构，不看表面装饰。”三看家具，他说：“明式家具是中国榫卯结构的一个极致。在欧洲很多工艺美术学院，学设计的必须要了解明式家具的技术、造型和文化背景。”四看工具，因为没有榫卯结构就没有农业生产工具，人就使不上力、做不好活儿。

1989年，他宅在家里画了很多草图，同时找了几个木匠帮手，做了一大批榫卯作品。

批评家鲁虹当时在武汉《长江文艺》当美术编辑，他说：“你这个东西我从没见过，一定要在我们杂志发表。”同一年，傅中望的榫卯作品参加了第七届全国美展，是展览上唯一一件比较抽象的东西。很多评委都说这玩意儿怎么能参展。但北京雕塑界的老先生们看了觉得很好，还给了他一个铜奖。

这之后，傅中望的“榫卯”系列先后在《江苏画刊》、《中国美术报》和《美术》杂志等艺术界的重要媒体上发表，在国内引起了很大的反响。

“他们说这么简单的一件事，怎么就被你做了呢？其实我就是从自身的文化背景出发来做作品的。”

从1989年起，这批榫卯作品延续了挺长时间。之后为了避免自我重复，他也曾陷入沉默，好在最终成功地驯服了榫卯。“后来我提出异质同构的概念，才又把它打开了。当我把金属、石头等现代材料引入，一下觉得这个天地太大了。”

2
用现代思维看待传统资源

傅中望从本土雕塑和文化中受益良多。“我在湖北省博物馆干了将近十年，编钟、木雕、漆器，这些东西我长期都在复制。编钟是榫卯结构的，挂钟的横梁全是由铜和木头穿插制成。可以说编钟就是中国一个很好的大装置，把所有东西都集合在上面了。”他说道。

傅中望着迷于这些东西，但他是用现代思维方式和观念来看待传统资源的，并重新对之加以改造和利用。如果陷在复制的逻辑里，就永远走不出来，就陷进去了。

1994年，傅中望创作了《世纪末人文图景》，把大榫卯摆得满地都是，这是他第一件当代意义上的榫卯作品。这件作品参加了在北京中央美术学院画廊举办的五人雕塑展“雕塑1994”。这个展览，是中国雕塑进入当代视觉的一个重要标志。

“巨粗的木头，我一段段把它锯下来。当时木匠觉得我这个行为很奇怪，一直问我这么好的木材为什么要锯断。”直到今天，给傅中望干活的木匠还是觉得他很奇怪——给别人做的东西都能用，给傅老师做的东西都不能用。但这样的东西能成为作品，还能在国内外展览，他觉得不可思议。

榫卯不再是工匠的手艺，它变成了艺术家的思想。

傅中望常用的材料分两种：一种是自然材料，还有一种是现成品。不管用什么材料，他都一直坚持着雕塑家的趣味，使用硬质材料，就是能够放得久的那种。“物质的东西一定要能经得起时间和外力的考验，我不会去做一些瞬间就完的东西。材料要结实、耐久，这可能是我长期从事雕塑创作的习惯，和画家、观念艺术家做雕塑都不一样。”他说道。

不管是什么材料，都通过榫卯概念和这个时代、和现实找到了一种关系。“思路完全打开以后，有些作品你可能都看不出其中的榫卯结构关系。”

3 榫卯是关系

傅中望榫卯艺术的又一次突破性进展发生在2015年。

那年4月，他在北京798展出新作《大木作》，满墙满地的长短榫、楔钉榫、燕尾榫、抱肩榫、粽角榫、夹头榫……在中国建筑轴线意识的主导下，整齐排列，形成了一个场。这些榫卯大家都很熟悉，这种呈现方式大家又很陌生。它们之间好像都有接起来的可能，但傅中望偏偏一个也不让它们接。

“不接，就是不想让它们媾和到一起，而是保持着相互之间的可能性。”

数百件榫卯，都是傅中望亲手排列摆放的。哪些横向，哪些纵向，哪些立起来，哪些放倒，艺术家在现场亲手控制变得尤为重要，因为摆放的核心是对关系的衡量和处理。

开幕那天来了很多人，傅中望做了几十年艺术家、十年馆长，结下的各种关系济济一堂。在《大木作》里，大家插空站着、聊着、拍着，人和物形成了一个整体，每个人都是一个榫卯。个体之间有关系又没关系，整个场域中形成了一种很模糊的东西。这模糊的可能性，正是很多人喜欢《大木作》这件作品的原因。

“榫卯结构存在了几千年，河姆渡时期就有了，发展到明清时代，各式各样都很多，应用非常广泛。但以前人们只是把它当作一种技术手段，没有把它作为艺术语言。我的工作就是要把它转换出来，把技术性的东西转换成精神符号，转换成一种能够表达意识的语言。”他说道。

艺术创作要求傅中望不断去寻找和当代的关联性，不断找到新的表达。

“很长时间我都不敢相信，学了那么久雕塑，怎么就回去做榫卯了。可能确实是天生对这个有兴趣。这么多年做下来，我的作品也在不断变化，但始终和凹凸有关系。

如果仅仅是取榫卯的形式，可能就走向抽象，走向样式了。我一直想在这里面求得一点变化，不在乎多少。”

4
榫卯来自生活又接入生活

中国传统建筑中，山西的应县木塔是傅中望最喜欢的。“那个是很牛的东西，是木结构之最。能够筑九层那么大的体量，它的结构非常棒。而且非常好看，特别有张力，特别有力度。”

2015年，傅中望在合美术馆做了手稿展“构物思迹”。有几组创作于1989年的水墨画，就是受应县木塔的影响而画的。“这些画得比较早。鲁虹开玩笑说，这些画当时如果推出来，我可能就成了当代水墨画家了。”

另一个给傅中望很多启发的建筑是湘鄂西的吊脚楼。吊脚楼依山就势，其建造逻辑属于民间智慧，不像《营造法式》是北宋官方颁布的建筑规范，只有皇帝才能用。还有农业工具、漆器的木胎、汉字的结构，傅中望从这些中都汲取了很多养料。

“表面造型对我来说不重要，内部结构才重要，连接点才重要。说到连接，最早有榫卯的接点，工业革命以后又产生了焊接、铆接。到现在各种接点就太多了，所有的线路、插头都是一种连接、一种榫接。”

几千年来中国人始终没有离开过榫卯的凹凸、阴阳虚实关系。

用榫卯对当代生活表态，就不会仅仅陷入传统的榫卯结构中。傅中望提出异质同构，谈到关系，不让榫卯件连接在一起，都是在将榫卯概念接入当代生活。

傅中望说：“榫卯肯定不是未来建筑和家具的趋向，它的技术已经到顶端了，造型系统也很完善了。我们再用它，只能是作为一个精神和文化符号。”●

傅中望
大木作
尺寸可变
木
2014
图/傅中望工作室提供

1

2

3

4

清单　四大当代艺术新一线城市

1. 深圳

作为人口密度全国第一的超大型城市，深圳聚集了很多热情的文青。他们不仅为城中美术馆、双年展捧人场，也为文化市场和艺术品交易捧钱场。

2. 武汉

20世纪80年代，这座城曾是当代艺术重镇，2015年重又热闹起来。公立、私人美术馆交相呼应，大腕纷纷来办展，频繁的艺术活动让这里成为群星闪耀的活力之城。

3. 成都

川美走出来的优秀艺术家，不少选择定居成都，他们在此工作生活，构成了一种悠闲又自足的艺术生态。更进取的人会走向北京、上海，而更享受生活的人离不开成都。

4. 长沙

两年一届的“艺术长沙”，用十年时间让长沙成为当代艺术界的黑马之城。“麻小”配红酒，意大利三C配中国当代艺术F4，豪爽的长沙把整个艺术圈包机运到了自己地盘。

YISHU YONG BU MIAN

出　品　人：刘春荣
策划／监制：恰　恰
责 任 编 辑：王辰旭
助 理 编 辑：罗敏月　田　晨
装 帧 设 计：周伟伟

图书在版编目（CIP）数据

艺术永不眠：中国当代艺术的 24 小时 / 孙琳琳著. -- 桂林：广西师范大学出版社，2019.3
ISBN 978-7-5598-1524-8

Ⅰ. ①艺… Ⅱ. ①孙… Ⅲ. ①随笔－作品集－中国－当代 Ⅳ. ①I267.1

中国版本图书馆 CIP 数据核字（2018）第 286291 号

广西师范大学出版社出版发行
（广西桂林市五里店路 9 号　邮政编码：541004
网址：http://www.bbtpress.com）
出版人：张艺兵
全国新华书店经销
北京盛通印刷股份有限公司印刷
（北京经济技术开发区经海三路 18 号　邮政编码：100176）
开本：787 mm × 1 092 mm　1/32
印张：11.5　　　　字数：230 千字
2019 年 3 月第 1 版　　2019 年 3 月第 1 次印刷
定价：89.00 元